囚われの君を愛し抜くから

目次

囚われの君を愛し抜くから

1

「え……？　そんな！　私、辞退の電話なんてしていません。何かの手違いではないですか？」

雪のように白く透明感がある肌は、私、三枝美雪《さえぐさみゆき》にとって自慢できる特徴の一つだと思っている。

だが、その肌は今、青白くなっているだろう。

もう一つのチャームポイントである黒く艶《つや》やかな髪を肩先で揺らし、新入社員らしく濃紺のリクルートスーツ姿で立ちつくした私は目の前の現実に泣きそうになった。

現在、私がいるシャルールドリンク株式会社本社ビルでは入社式が行われている。

私も入社式に参加予定だった。それなのに――

ギュッとバッグの取っ手を力強く握りしめて、崩れ落ちそうな足を踏ん張る。

昨年秋には内定通知をもらい、間違いなく内定承諾書にサインをして捺印《なついん》の上、送付した。

きちんと会社の方で受理されたからこそ、そのあとも人事担当者から連絡があったし、二月に行われた入社前研修にも参加できた。

研修時に渡されていた課題に取り組み、今日提出しつつ入社式という流れだったはず。

もちろん、課題はすべて済ませてあるので今すぐにでも提出はできる。

それなのに、どうしてこんなことになっているのだろうか。

唖然《あぜん》としたまま動けずにいる私を見て、困ったように受付の女性が首を捻《ひね》った。

「そう言われましても……」

人事部の女性が困惑めいた表情を浮かべる。彼女の手には名簿があり、それには今日めでたく入社式を迎えた社員の名前がズラリと並んでいた。その名簿には私の名前が記載されているのだが、黒のボールペンで横線が引かれているのだ。出席しない人物、すなわち入社辞退した人物として。

気を緩《ゆる》めれば、すぐに涙が零れ落ちそうになっていることに気がつき必死に堪えたその瞬間、重厚な扉の向こうから、大きな拍手の音がした。

すでにホールでは、入社式が始まっている。

本来なら、皆と同じように私も社長の挨拶を聞いているはずだった。それなのに、どうしてこんなことになっているのか。一緒に研修を行った同期は、ホールの中。そして、私だけがホールの外だ。たった一つの扉が、とてつもなく重く高い壁のように見える。

ホールの扉を見つめていると、人事部課長だという男性がやってきた。どうやら、受付の女性が連絡を取ってくれたようだ。

「三枝美雪さんですね。人事部課長の平山《ひらやま》と言います」

「三枝です。お世話になっています」

研修で一度、平山さんを見たことがあったはず。私は、慌てて頭を下げる。

すると、平山さんは硬い表情でロビーの隅にあるソファーを指差す。

「……ちょっと、そこでお話ししましょうか」

「はい」

私にとって絶望的な状況なのだと悟《さと》る。

だが、簡単に引き下がれない。こちらとしては、未来がかかっているのだ。

コクンと喉を鳴らしたあと、彼に誘導されてソファーに座る。平山さんは私の向かいに座って深刻そうな表情で見つめてきた。

「まず、これまでの経緯を説明させていただきます」

「は、はい」

青ざめている私を見て、彼は憐《あわ》れんだ目をしている。向こうにとっても不測の事態なのだろう。

再びバッグの持ち手をギュッと握りしめていると、彼は重苦しい雰囲気で口を開いた。

「三枝さんには、弊社の試験に合格された旨を電話と書類にて通知し、そのあと三枝さんから内定承諾書を郵送にて提出していただいたことで、弊社に入社していただく運びになっておりました」

「はい」

その通りだ。間違いない。返事をすると、彼も同意を得たことを確認して頷いた。

「そのあと、内定式、入社前研修などもこなされておりましたことは、こちらももちろん把握しております。ですが……」

平山さんは、テーブルに書類を二枚置く。

一枚はメールをプリントアウトしたもの、そしてもう一枚はワープロソフトで作成されたと思われる書類だ。それには、入社辞退届と書かれている。

「まず、弊社に三週間ほど前。三枝さんの携帯電話から連絡がございました。私は出張のため本社におらず、部下の女性が入社辞退の電話を受けました。女性からの電話だったことで、部下は三枝さんからの電話だと判断したようです」

こちらをご覧ください、とメールをプリントアウトしたものを差し出してくる。

「このメールは三枝さんからの電話があったあと、弊社の人事部に送られてきたメールです。こちらにも電話でお話ししてくださった内容と同じ文面が書かれており、送信者アドレスは三枝さんが弊社に提出してくださったアドレスと一致しております」

差し出された紙を確認すると、送信者アドレスは確かに私が常に使っているアドレスからのもので間違いなかった。唖然《あぜん》としていると、平山さんはもう一枚書類を差し出してくる。

入社辞退届と書かれた書類だ。

硬直したまま書類を食い入るように見ていると、彼は困惑めいた表情のまま静かに口を開く。

「電話を受けたときに部下が話し合いの場を設《もう》けたいと申し出たのですが、すぐに入院しなければならなくなったと言われまして、弊社に来ていただくことは叶わず……。しかし、なりすましの可能性も考えられたので、ご自宅に書面を送らせていただきました」

「え……」

そんな書類など見たことがない。呆然としている私に、彼は困ったように眉尻を下げる。

「ですが、残念ながら連絡が来ませんでした。その後も三枝さんの携帯電話に何度か連絡をさせていただきましたが、着信拒否になっていて繋がらず……。これ以上、無理を言うことはできないと判断して届け出を受理する運びとなりました」

会社としては、やれるべきことをすべてやってくれた。その上で、私は入社困難であると判断したはずだ。平山さんは、依然困惑めいた表情で口を開く。

「こうして三枝さんが辞退をしていないとおっしゃっている以上、こちらとしてももう一度精査しなくてはならない問題だと思います。ですが……現在の弊社の方針といたしましては、一度辞退を受理した以上取り下げはできないことになっております」

「……」

「私としてもなんとかしてあげたいのですが……。申し訳ありません」

私の愕然《がくぜん》としている顔を見て、誰かに嵌《は》められたのではと悟ったのだろう。平山さんは、苦渋の顔で頭を下げてきた。

内定辞退関係について、昨今色々とトラブルが起こっていることは耳にしている。だが、まさか自分がそんなトラブルに巻き込まれるなんて思いもしなかった。

シャルールドリンク側としても、何やらトラブルの香りがする人物をこれ以上引き留めない方針なのだろう。何を言っても無駄だということだけは理解した。

ギュッと手を握りしめて怒りと悲しみ、そして絶望を呑《の》み込む。

ここにいても入社式に出席することはおろか、入社もできない。渋《しぶ》ったとしても、平山さんを困らせるだけだ。それに、三週間ほど前に辞退の連絡があったとなれば、会社に多大な迷惑をかけたはず。先程の名簿に私の名前が記載されていたのを見ると、本当にギリギリのタイミングだったのだろう。私には身に覚えのないこととはいえ、これ以上会社に迷惑をかける訳にはいかない。

よろけそうになる身体をなんとか持ち堪《こた》え、ソファーから腰を上げた。そして、平山さんに深々と頭を下げる。

「色々とご迷惑をおかけいたしました」

「いえ……。お力になれず、申し訳ありません」

彼も立ち上がり、頭を下げてくれた。

これまでのお礼を言ったあと、ロビーを抜けてビルの外へと出る。

先程まで、新しい季節の始まりだと心がウキウキしそうなほど輝いていた太陽が、この短時間で雲に隠れていた。黒く重そうな雲が光を遮り、空は今にも泣き出してしまいそう。まさに、今の私の心情を表しているかのようだ。

立っているのがやっとな状況の私は、今来た道を振り返ってビルを見上げる。

何度も、このオフィスビルには足を運んだ。

入社試験では足が震えるほど緊張したことを、今も鮮明に覚えている。

人気のある会社なので、求人倍率は相当なものだった。

だからこそ、合格通知が来たときは涙が出るほど嬉しかったのに……

今春、このオフィスビルで働くことを楽しみにしていたが、私を陥《おとし》れたいと思っている人物によって踏みにじられ、その夢も儚《はかな》く消えてしまった。

「なんで、こんなことになっちゃったんだろう……」

視界が滲《にじ》み、ドラマに出てきそうな近代的で素敵なオフィスビルが霞《かす》んでしまう。

沈みきった心のままに視線を落とし、ふらふらと歩き出す。

四月に入ったとはいえ、今日は朝から底冷えしていた。太陽が隠れてしまった今、肌寒さすら感じる。スプリングコートは腕にかけてあるから羽織ればいいのだが、今の私にはそんな気力もなかった。

（これから、どうしよう）

シャルールドリンク本社ビル前には小さな噴水があり、その周りにはベンチがいくつか置かれている。レンガ敷きの広場にはパンジーとチューリップが植わっており、香《かぐわ》しき花の香りは華やかな春を演出していた。

もう少し暖かくなれば、昼休憩にここでランチを取る社員がたくさんいることだろう。

いずれは私もこのベンチでお弁当を広げ、同期社員とお昼を一緒にしたのかもしれない。

だが、もう……そんなＯＬ生活を送ることができなくなってしまった。

崩れるように手近なベンチに座り込む。

力が抜けて動けない。頑《かたく》なまでに、この場から動きたくないと駄々をこねてしまいそうだ。

どれぐらいベンチに座っていただろうか。

入社式はとっくの昔に終わり、スケジュール通りなら新入社員説明会が同じホールで行われているはずだ。どうして自分はそこに行けなかったのだろう。考えれば考えるほど何もかもが不安で、何もかもが億劫《おっくう》で。気力がとうに尽きてしまった私は、小さく呟く。

「就職活動、やり直しかぁ……。これから、どうしようか……」

今は何も考えられない。だけど、考えなくてはいけないのだろう。

わかってはいるが、今はあまりのショックでなかなか頭が働いてくれない。

「家、帰りたくないなぁ……」

弱々しい声が口から飛び出す。家に届いたはずの書類を家族、あるいは私の実家を知っている人物に握りつぶされたかもしれないと知った今、怖くて帰りたくはない。だが、私が帰ることができる場所はただ一つ。実家のみだ。

うなだれて足元を見ていると、敷き詰められたレンガに黒い斑点がポツポツとつき始めた。

え、と驚いて立ち上がれば、頬に水滴がポツリと一滴落ちる。

空を見上げると、重苦しい空は涙を流し始めた。最初こそ小ぶりだったのだが、すぐに雨脚《あまあし》は強くなる。通りにいた人たちは皆、雨を凌《しの》ぐように屋根のある場所へと移動していく。

色とりどりの傘が咲き始めた頃には、レンガ敷きの広場には私以外誰もいなくなってしまった。

私も早く雨宿りをしなければ、ずぶ濡《ぬ》れになってしまうだろう。びしょ濡《ぬ》れになってしまったら、タクシーはおろか、公共交通機関も使えなくなる。頭ではわかっているのだが、身体が鉛《なまり》のように重くて動けない。

ただ雨に濡《ぬ》れて立ち尽くす私は、周りからどんなふうに映っているのだろう。

普段ならそういうことに気を回せるのだが、今は無理な話だった。

「どこかに消えてなくなってしまいたい……」

我知らず呟いた言葉に苦笑する。人間どん底に落ちると、何もかもが投げやりになるようだ。

実家は、一番近づいてはいけない危険な場所となってしまった今、帰る場所がない。だからこそ、こうして何時間もこの場に残って未練や不安と闘い今後のことを考えていたのだ。

だが……もう、どうでもよくなってきた。

身体が重く、フラフラする。先程まで鮮明に見えていた雨が、なんだか滲《にじ》んで見えなくなっていく。もぬけの殻と化した私は、ようやく一歩を踏み出す。だが、それ以上は進むことはできなかった。

身体が、心が……あの家に帰るのを拒んでいる。

とはいえ逃げ出すことはできないし、『あの人』は逃げることを赦《ゆる》してはくれないだろう。それなら、いっそこのまま……

思考を手放そうとした瞬間、私に冷たく当たっていた雨がフッと止む。

驚いて頭上を見れば、紳士用の黒い傘が差し出されていた。

「おい、君。大丈夫か？」

「え？」

何者かによって差し出された傘に気を取られていたが、酷《ひど》く慌てた声を聞いて傘の持ち主の顔を見る。

とにかく素敵な男性だ。三十代半《なか》ばぐらいだろうか。大人の色気を感じた。

背が高く、スリーピーススーツが恐ろしく似合うその男性は、ショートマッシュの髪を後ろに撫でつけるように綺麗に整えている。

透き通るような肌、高い鼻梁《びりょう》、魅力的な目、薄い唇。こんなに何もかもが完璧で素敵な男性がいるのかと見とれてしまうほどの容姿の持ち主。

そして、なにより魅力的なのは低い声。固い口調ではあるが、そこがまた素敵だった。

大人の男性。今まで接したことがない極上の男性が顔を覗き込んでいる。

身体が言うことを聞いてくれないくせに、そんなところだけはしっかりとチェックしている自分に内心で呆れかえった。

でも、それも仕方がない。綺麗なモノには、誰もが目を奪われる。

それだけ目の前にいる男性が魅力的だということだ。

こんな状況なのに、ほぅと感嘆のため息が零れてしまう。

ボーッとしたままその男性を見つめていると、彼は訝《いぶか》しげに眉をひそめた。

「おい！　大丈夫かと聞いている」

「は、はい」

ようやく我に返ったが、それでも頭の芯は未だに霞《かすみ》がかかっているようだ。

コクリと一つ頷くと、その男性は心配そうな目で見つめてくる。

「君、かなり長い時間ここにいただろう？」

「え？」

この男性は、私が放心状態でベンチに座っていたことを知っているのだろうか。驚きのあまり目を見開く。

男性は嘆息したあと、少し離れた場所にいる初老の男性に視線を向けた。

「我が主人が心配をしている」

〝主人〟と呼ばれた人物は、ロマンスグレーの素敵な紳士だ。ダブルのスーツがとても似合っている。一瞬硬直して驚いた様子を見せたが、私と視線が合うと朗《ほが》らかにほほ笑んでくれた。

その柔らかい笑みは、人の心を和《やわ》らげる力があるのか。頑《かたく》なになっていた心が、少しだけ解《ほぐ》れた気がした。

傘を差しかけてくれた男性も素敵な人だが、こちらの男性はまた違った魅力があるおじ様である。

〝おじさん〟ではなく、〝おじ様〟。そう呼んでしまいたくなるほど、ダンディな男性だ。

どこかの社長と言われても違和感は全くないほどのオーラを感じる。

私の父より少し年上だろうか。そのおじ様も、こちらに近づいてきた。

「お嬢さん、どうしましたか？　こんなに、ずぶ濡《ぬ》れになって……」

「あ……」

改めて自分の格好を見て、顔を歪《ゆが》める。おじ様が心配して指摘してくるほど、びしょ濡《ぬ》れになっていた。

入社式だからと張り切って買った新品のスーツだったのに、雨に濡《ぬ》れて色が変わってしまっている。前髪からは、ポタリポタリと滴が落ちてきた。髪もかなり濡《ぬ》れてしまっているようだ。

これだけ雨が強く降っている中、傘を差さずに突っ立っていれば誰でも濡《ぬ》れてしまうだろう。それを指摘されて、恥ずかしくなる。

思わず視線を落とすと、おじ様は優しく声をかけてきた。

「風邪を引いてしまいますよ？　ご自宅までお送りいたしましょう。車は地下駐車場に停《と》めてありますから、移動いたしましょうか？」

優しく促《うなが》してくれるおじ様だったが、顔の前で両手を振って全力で遠慮する。

「いいえ、車のシートが濡《ぬ》れてしまったら大変ですから。お気持ちだけいただきます。ありがとうございます」

身なりがいい紳士二人だ。恐らく高級車と呼ばれるハイグレードの車に乗っていることだろう。そんな高級車に、ずぶ濡《ぬ》れのまま乗る勇気はない。

シートが濡《ぬ》れてしまったら弁償などできない、と彼らに訴える。

フルフルと首を横に振ると、身体がふらついた。

しかし、それを悟られないようグッと足を踏ん張って堪《こら》える。これ以上、心配は掛けられない。

そうやってごまかしていると、おじ様はより心配そうな目をして見つめてきた。

「でも、その格好では電車にもタクシーにも乗れないでしょう」

「……大丈夫、だと思います」

おじ様の言う通りだが、嘘をついて曖昧《あいまい》にほほ笑んでみせる。

実際は、歩いて帰る、しか選択肢が残されていないが、それも仕方がない。

言葉を濁《にご》してやり過ごそうとすると、おじ様は首を横に振る。

「大丈夫ですよ、お嬢さん。車は革張りですから、あとで拭《ふ》き取れば元通り。そうでしょう？」

おじ様は、傘を差してくれている男性に言うと、彼も頷く。

「車に乗っていきなさい。その方がいい。とにかく、早く身体を温めた方がいいだろう」

「で、でも……！」

見ず知らずの人に、そこまでしてもらうのは気が引ける。

未だに頷かない私を見て、おじ様は有無を言わせない様子でニッコリとほほ笑んだ。

「ご自宅までお送りします。さぁ、行きましょう」

強引にでも連れて行くつもりでいるおじ様を見て、ありがたくも恐縮した。

だが、今は自宅に帰れない。帰ることができない事情がある。

無言のまま首を横に振ると、それを見て紳士な二人は顔を見合わせた。

頑《かたく》な過ぎる態度を取り続ける私を、なんとかして懐柔《かいじゅう》しようとしてくれる二人。その優しさが、嬉しい。心も身体もボロボロになって弱っている今、無償の愛は無条件で私の心を包んで守ってくれた。ふと力が抜け、ハラハラと涙が落ちていく。

今朝から散々なことばかりが続いている。だからこそ、こうして優しさに触れて涙腺が緩《ゆる》んでしまうのだ。

見ず知らずのやつれきっている女性が泣き出したら、絶対に彼らは困るはず。

わかっているのだが、涙は止まってくれなかった。

何度も目を擦《こす》るが、心が悲鳴を上げているせいだろう。止まる様子はない。

感情が高ぶっているのに、頭は靄《もや》がかかったように真っ白になっている。

自分がどんなふうに立っているのか。それさえもわからず、身体の感覚がなくなっていく。

心配そうに顔を覗き込んでくる二人の男性からの優しさを感じて、思わず苦しい思いを小声で吐《と》露《ろ》していた。

「……帰れない」

「え？」

傘を差してくれているクールそうな男性が腰を屈《かが》める。私の声が聞こえなかったのだろう。

耳を傾けてくれる彼の優しさに触れて、身体から完全に力が抜けていく。

「帰りたく……、な……い」

「どういう意味だ」

困惑の色を隠せない様子の男性。そんなときでも綺麗な顔をしていた。

(瞳……キレイ)

吸い込まれそうなほどキレイな彼の瞳に釘付けになる。

どうでもいいことを頭の中で思いながらも、熱に浮かされたように呟いた。

「私、もう……あの家には、帰ることができないの」

「あ、おい！　大丈夫か？」

彼の焦った声が聞こえる。返事をしたいのに、今の私には指一本、唇さえも動かす気力がない。

高いところから闇の中に落ちていく。そんな意識の中、身体が寒々と冷え切っていくのがわかった。

＊＊＊＊

目を開けようとしたのだが、その瞼《まぶた》さえも重く感じた。

首を動かすことも億劫に感じたが、ゆっくりと動かして辺りを見回す。

（ここ……は？）

ホテルの一室だろうか。映画のワンシーンにありそうな素敵な部屋を見て、自分は夢の中にいるのではないかと思うほどだ。

先程までいたのは、シャルールドリンク本社ビルの前だったはず。それがどうしてこんなところにいて、寝心地がいいベッドに寝かされているのか。

身体がだるくて考えがまとまらないが、そこでようやくあの場で倒れたのだと思い出した。

恐らくだが、倒れる直前に声をかけてくれたロマンスグレーのおじ様と、クールで堅い印象だが超絶美麗な顔をした男性が助けてくれたのだろう。体調が悪化した私を心配して、個室のある病院に担《かつ》ぎ込んでくれたのかもしれない。

誰かいないかと身体を起こそうとすると、女性が慌てた様子で部屋の中に入ってきた。

「ダメよ、まだ寝てなくちゃ」

艶《つや》のあるストレートの黒髪が、肩の上でサラサラと揺れている。

とても綺麗な人だ。大人の円熟さに、同性でもドキドキしてしまう。

頬を赤らめる私を見て、彼女は眉をひそめた。

「あら、顔が赤いわね。また、熱が上がってしまったのかしら？　ほら、これで熱を測ってくれる？」

女性は体温計をサイドテーブルから取り、手渡してくる。それを受け取り、ゆっくりとした動作で腋《わき》に挟んだ。数秒でピピッと電子音がしたので取り出す。

三十八度。なかなかに熱が高い。この熱のせいで身体が重いのか、と腑に落ちる。

体温計を女性に手渡すと、熱の高さを見て顔をしかめた。

「まだ、熱は下がらないわね。お医者さまも、精神的ショックと過労、ついでに冷たい雨に打たれて身体が冷えたための風邪、この三つが倒れた原因だっておっしゃっていたわ。今日は絶対にこの部屋から出ちゃダメよ」

テキパキと話す口調は、いかにもキャリアウーマンといった感じだ。

私より十歳は年上だろうか。今日は素敵な人にばかり会っている気がする。

ほぅ、と感嘆のため息をついていると、女性は慈愛溢れる笑みを浮かべて矢継ぎ早に声をかけてきた。

「体調はどう？　まだ熱が高いから辛いでしょう？　他に辛いところはない？　気持ちが悪いとか、お腹が痛いとか」

「あ、えっと、身体がだるいだけです。たぶん、熱が高いせいだと思います」

「お腹はすいていない？　もうお昼はとっくにすぎたわよ？」

「え……今、何時ですか？」

「今は午後二時。貴女が倒れたのは、十一時ぐらいだったらしいわ。それからずっと意識がなかったの。お医者さまはそのうち意識が戻るとおっしゃっていたけど、なかなか目を覚まさないからすごく心配したのよ」

ホッとした様子で胸を撫で下ろす彼女に、慌ててお礼を言う。

「助けていただき、本当にありがとうございました。ご迷惑おかけして申し訳ありません」

これ以上、迷惑は掛けられない。早々にお暇《いとま》した方がいいだろう。身体はだるいが、倒れた当初に比べれば動けるようにはなってきた。再び身体を起こそうとしたのだが、それを女性に止められてしまう。

「ダメよ、寝ていなくちゃ。無理して風邪を拗《こじ》らせたらどうするつもり？」

確かにその通りで口を噤《つぐ》むと、彼女は私を労《いたわ》るようにふんわりとほほ笑んだ。

「それに、助けた彼らに何も言わずに出て行くつもりなの？」

「あ」

その通りだ。これだけ迷惑をかけてしまったのだから、まずはお礼だけでも二人に言いたい。

私の動きが止まったのを見てホッとした様子の彼女は、近くにあった椅子に腰かける。

「貴女をこの家に担《かつ》ぎ込んだと聞いたときは、ビックリしたなんてものじゃなかったわ。だって、こんなに若くてかわいらしい女性だとは思っていなかったから」

ふふ、と軽やかに笑うと、その女性は自己紹介をしてくれた。

「私は、矢上美和《やがみみわ》。シャルールドリンクで社長の第二秘書をしているの」

「シャルールドリンク、ですか」

「ええ、そうよ。貴女を助けたのは、シャルールドリンクの社長と第一秘書なの」

「そう、なんですね……」

傘を差し掛けてくれた男性がおじ様のことを〝我が主人〟と言っていたので、社長はおじ様で、秘書は超絶美麗な彼なのだろう。

とても驚いたが、すぐに腑に落ちる。彼らは、私がずっとあのベンチに座っていたことを知っている様子だった。もしかしたら、社長室から私の姿が見えていたのかもしれない。不審者がいる、と警戒して、あのとき声をかけてきたのだろう。

横になっていてとは言われたが、初めましての挨拶はきちんとしたい。重い身体を起こして自己紹介を返す。

「三枝美雪と言います。このたびは、助けていただきありがとうございました」

深々と頭を下げると、彼女は両手を顔の前で振って慌て出した。

「いいのよ、いいのよ。私は特に何もしていないの！　ちょっと待っていて、社長を呼んでくるから。午前中は入社式とかあってバタバタしていたんだけど、午後からは在宅に切り替えてＷｅｂ会議をしているの。今は休憩中だから、ちょうどいいわね」

先程まではかっこいい大人の女性といった雰囲気だったが、ぱたぱたとした仕草はかわいらしい。

慌てた様子で部屋を出て行こうとする彼女の後ろ姿をほほ笑ましく見ていたが、現実を思い出して気持ちがズンと沈んでしまう。

（もし、何者かに入社辞退届を出されていなかったら……）

矢上さんのような素敵な女性がいる職場で働けていたのかもしれない。そう考えると、悲しくなった。入社できなかったことを思い出し、再び涙が零れてしまう。

涙を手で拭《ふ》いていると、矢上さんが私を助けてくれた男性二人を連れてきた。しかし、私の頬に伝う涙を見て一同が大慌てし始める。

「どうしたの？　美雪ちゃん。苦しいの？　どこか苦しいのね？　それとも、痛いのかしら？　ええ？　どうしましょう！」

「お嬢さん、横になりなさい。とにかく今は安静にしていることが大切ですよ」

おじ様と矢上さんがオロオロと慌て出したのを見て、「大丈夫です」と告げようとした。だが、その言葉は驚きで呑《の》み込むこととなる。傘を差し掛けてくれた男性――シャルールドリンク社長の第一秘書にいきなり布団を剥《は》がされたからだ。え、と声を出して驚いていると、彼は私を抱き上げた。

「え？　え？」

熱で頭が朦朧《もうろう》としている上に、想像を遥《はる》かに超えた事態になっている。

目を瞬《またた》かせて慌てふためいているというのに、彼は相変わらず眉間の皺を消すことはない。

綺麗な横顔を至近距離で見つめてしまい、顔が熱くなる。

これは多分、風邪からの熱ではない。こんなふうに男性に抱きしめられたこともなければ、抱き上げられたこともないからだ。恥ずかしくて逃げ出したくなる。

あり得ない状況を目の当たりにし、ドキドキしすぎて何も言えなくなってしまう。

「病院に連れて行く」

低く鋭い声でそれだけ言うと、私を横抱きにしたまま部屋の外へ出てしまう。

身長の高い彼に抱き上げられ、あまりの高さに怯えてしまった。キュッと彼のスーツのジャケットを握りしめると、彼は眉間に皺を寄せたまま不安そうに顔を覗き込んでくる。

「大丈夫か。辛いんだろう？　早く、医者に診せよう。ここでは、しっかりとした検査ができないから」

「え？　いえ、待ってください」

「待てない。そして、待つつもりはない」

部屋を飛び出して廊下に出てからも、彼は私を下ろそうとはしなかった。ただ、前を見て足早《あしばや》に歩いていく。その足取りに迷いはない。

背後から「落ち着いてください」という矢上さんの声がしたのだが、その声に耳を傾けようともしない。

彼女の話では、先程医師には診てもらって風邪や過労だと診断が出たと言っていたはず。これ以上の検査は、必要ないだろう。それなのに、どこかムキになっている彼に訴える。

「待ってください。大丈夫ですから。ただの風邪だってお医者様が言っていたって矢上さんが」

私の言葉を遮るように、彼は呟いた。

「……大丈夫なものか」

「え？」

苦しそうに声を絞り出して言う彼を、目を見開き驚いて見つめる。

未だ眉間に皺を寄せたままだが、彼はようやく足を止めた。そして、真剣な眼差しで見つめ返してくる。視線が鋭い。その迫力に押し黙る。

「じゃあ、どうして泣いていたんだ？　苦しくなったからなんだろう？　泣くぐらい辛いなら医者に診てもらった方がいい」

「えっと、でも……」

「大きな病が隠れているかもしれない。大丈夫だ、たいしたことない、安心して。その言葉が一番信用ならないんだ！」

声を荒げる彼に唖然《あぜん》としていると、駆け寄ってきた矢上さんとおじ様によって引き留められた。

「彼女はただの風邪と心労だって、さっきお医者様が診断してくれたでしょう？　落ち着いてください」

「そうですよ。少し落ち着きましょう」

「だが……」

彼らに引き留められて、ようやく我に返ったらしい。

だが、依然として眉間に深く皺が刻まれたままだ。彼の視線が私に向く。

「本当に大丈夫か？」

「っ！」

ドキッとするほど色気を感じるその目で問いかけられ、ますます熱が出てしまいそうだ。顔を赤く火照《ほて》らせて、何度も頷いた。

「本当に大丈夫です。皆さんによくしていただいたおかげで、目を覚ますことができたんですから」

「……本当、か？」

「はい」

再び大きく頷いたのだが、未だに彼の憂《うれ》いは消えないようだ。

なんと言えば彼は安心してくれるのだろうか。一生懸命考えるのだが、彼のことを全く知らない私では対処法など思いつく訳もない。

くしゅん、と小さくくしゃみをすると、矢上さんが目をつり上げて彼を注意し始める。

「ほら、彼女は風邪引きさんなの。これ以上、身体を冷やして熱を上げたいんですか！」

熱がまだ上がりきっていないのだろう。確かに悪寒《おかん》がしてブルブルと震えてしまう。

彼の腕の中は温かいとはいえ、高熱が出ている私には少々寒く感じた。節々《ふしぶし》も痛いし、とにかく身体がだるい。

だが、依然として私を抱き上げている彼は、医者に診せるべきか否かと葛藤中のようで、その場に立ち尽くしたままだ。ますます心配そうな表情になった彼の肩に、おじ様は手を置く。

「ほら、一度戻りましょう。雨に濡《ぬ》れて風邪を引いてしまったんです。まずは、彼女を暖かい布団に戻すことが先決ですよ」

「……」

「熱が下がって、それでも心配なら、彼女を病院に連れて行って精密検査でもなんでもしてもらえばいいんです。よろしいですね？」

おじ様の言葉に異論はなったのだろう。彼は方向転換し、先程の部屋へと足を向けた。

私をベッドに寝かせ、すぐさま布団をかけてくれる。

「寒くないか？」

「はい、お布団が暖かいので」

今頃になって彼に持ち上げられた上、密着した状態だったことを思い出して恥ずかしくなってしまう。目を泳がせて曖昧《あいまい》にほほ笑んだのだが、彼は必死な様子で見つめてくる。

異変はないか、苦しんではいないか。どんな小さなことでも見逃さないといった感じだ。

男性に見つめられるだけでもドキドキしてしまうのに、相手は超絶美麗である。全くもって居たたまれない。

心配症な彼を見て、矢上さんは肩を竦《すく》めた。

「とにかく、彼女は病人よ。それに、うら若き乙女の部屋に男性が長居するものではありません！」

「むぅ……」

秘書の彼は唸《うな》ったが、確かにそうだとおじ様は大きく頷いている。

矢上さんは、そんな男性陣の背中を押して部屋の外へと追い出してしまった。そのあと廊下で彼女の叫び声が聞こえ、男性陣が何かを言っている。どうしたのか、と不思議に思っていると、未だに何か言っている男性陣を振り切って彼女は扉を閉めてしまう。

「どうか、されましたか？」

何か揉《も》めている様子を感じて心配になる。私のせいで揉《も》め事が起きているのなら、申し訳ない。

「違うの、違うの！　ちょっと仕事のことでね」

矢上さんはごまかすように盛大なため息をついたあと、ニッコリとほほ笑みかけてきた。

「寒気があるってことは、まだこれから熱が高くなるわね……。とにかく寝ていてね。あとで、軽く食べられる食事を用意して持ってくるから」

倒れた私を介抱してくれただけでもありがたいのに、これ以上は甘えられない。

帰りますから、と首を横に振ったのだが、彼女は顔を近づけてニンマリと笑う。

「あら？　今、この状況でここを抜け出すつもり？」

「え？」

どういう意味だろうと首を傾《かし》げると、彼女は意味深にほほ笑んだ。

「さっきの……えっと、貴女を抱き上げた男性ね。あの人の様子を見たでしょう？　本当に今、出て行ってもいいと思っているの？」

「えっと……？」

「貴女が涙を流していただけで、あの取り乱しようよ？　熱がある貴女がここを飛び出したなんてわかったら……何をするか、わからないわね」

それでもいいの？　と試すように目を細めてきた。その表情はとても美しいのに、押しの強さを感じる。フルフルと首を横に振ると、矢上さんは「よろしい」と満足げに頷いた。

しかし、未だにどこか納得しきれていない私の様子を見て、彼女は顔を曇《くも》らせる。

「絶対に、何も言わずに出て行くことだけは止めてね。お願いよ」

「え？」

秘書の男性といい、矢上さんといい、どこか必死な様子が気になった。

さすがに何も言わずに出て行くなんてことはしません、と言うと、彼女は困ったように眉を曇らせる。

僅かな躊躇《ちゅうちょ》のあと「私が言うべきじゃないかもしれないけど、言わないと貴女は遠慮しすぎそうだから」と前置いて矢上さんは口を開く。

「先程の彼ね。妹さんがいたんだけど、数年前に病気で亡くなってしまったの。そうね、彼女が亡くなったのはちょうど貴女ぐらいの年齢だったわ」

「え……？」

言葉をなくした私を見て、矢上さんは目を伏せる。

「風邪を拗《こじ》らせて、そのまま……。元々身体は弱かったらしいんだけどね」

小さく嘆息したあと、彼女は重々しく口を開く。

「最初は軽い風邪だと思っていたの。彼女自身も大丈夫だ、心配いらないって言っていたらしいわ。それを真《ま》に受けていたけど、急変してしまってね」

「……」

「彼は貴女と妹さんを重ねて見てしまったんだと思うの。ねぇ、美雪ちゃん。元気になるまで、ここにいてちょうだい」

「矢上さん、でも……」

「彼に恩を感じているのなら、ね？」

「……はい」

ようやく素直に頷いたからだろう。矢上さんは、ホッとした表情を浮かべた。

「これにて交渉成立！　色々と詳しいことは体調が万全になってからね」

「はい……お世話になります」

「うん、安心して身体を休めて。ああ、そうそう。今、貴女がいるこの家は社長の自宅なの。お手伝いさんもいるから安心してね」

廊下に出たときに病院でもホテルでもないことには気がついたが、まさかシャルールドリンク社長の自宅だったとは。

「じゃあ……こちらは、おじ様のご自宅なんですね。ご家族の方は私がここにいることを承諾してくださっているのでしょうか？」

家主だけではなく、きちんとおじ様の家族にも了承してもらわなくては居づらい。

矢上さんを見ると一瞬動きを止めたが、すぐに私に向き直った。

「えっと、社長……美雪ちゃんが言っているおじ様の奥様は鬼籍《きせき》に入られたの」

「そう、なんですね」

「ええ。娘さんは嫁がれていて、この家には社長と秘書の彼だけなの」

「社長であるおじ様と、秘書さんが一緒に住んでいるんですか？」

「そ、そうなのよぉ」

矢上さんは、うんうんと何度も頷く。そんな彼女を見て、首を傾《かし》げる。どうしたのか、と聞いたが、笑ってごまかされてしまう。大企業の社長秘書ともなると、プライベートでもついて回らないといけないのか。

秘書さんって大変なお仕事ですね、と正直に伝えると矢上さんはなぜか苦笑した。

「ま、まあね。とにかく、ここには家政婦の女性もいるから安心してね」

確かに男性二人が住む家に女性一人。さすがにそんな環境では居づらいので、それを聞いてホッと胸を撫で下ろしていると、なぜか彼女も安心した表情を浮かべていた。

どうしましたか、と問いかけると、「なんでもないのよ」と話をそらすように彼女はバッグを取り出した。私のバッグだ。

「これ、貴女が持っていたバッグ。何も落としてはいないと思うけど、あとで確認しておいてくれる?」

「……はい」

バッグを受け取りながら頷くと、矢上さんは「飲み物を取りに行ってくるわ」と部屋を出て行った。

ほぅ、と小さく息を吐き出したあと、社長秘書である男性の必死な形相を思い出す。

矢上さんの話を聞いて、冷静沈着そうな彼が取り乱した理由がわかった。彼の妹と私の姿が重なって見えたのだろう。

彼の気持ちを考えると、胸の辺りが苦しくなる。これは大人しくしていなくてはダメだろう。これ以上、彼の心労を増やしてはいけない。

布団を口元まで引き上げつつ、未だに熱でぼやけがちな目で天井を見つめる。

今日は、最悪な日だった。

誰かの手により入社することができず、挙げ句の果てには雨に打たれて倒れてしまい、人様の手を煩《わずら》わせてしまう始末。そして——

背筋がゾクッとする。これは風邪の悪寒《おかん》じゃない。『あの人』の目が今も尚、私を怯えさせているからだ。

おじ様たちに迷惑をかけてしまい心苦しくも感じるが、私にとってはラッキーだったのかもしれない。実家に帰らなくてもよくなったのだから。

矢上さんが置いていってくれたバッグを開き、携帯を取り出す。

父だけには、今のこの状況をメールしようとした。しかし、そこでふと指が止まる。入社式に出ていると思っている父を悲しませたくはない。いずれは入社できなかったことを話さなければならないだろう。だが、もう少し時間がほしい。まずは、自分の心と頭の整理が終わってからだ。

それに、入社式に出られなかったことを『あの人』には絶対に知られたくない。父に今の状況を話してしまったら、間違いなく『あの人』にも伝わってしまう。それを考えると、父には本当のことを伝えない方がいい。

(今、私の居場所を知られてはまずいよね……)

場所を知られたら最後、もしかしたらこのお屋敷に乗り込んでくる可能性もあるからだ。

そんなことになれば、厚意で私を助けてくれたおじ様たちに迷惑がかかる。

キュッと唇を噛みしめ決意を固めたあと、メールアプリを起動させてタップする。

父には『同期の女の子が会社の近くに住んでいて、そのマンションでルームシェアしないかと相談があったの。今後のことを考えて、そのお宅にお邪魔させてもらうことにしました。少しの間、彼女のマンションで暮らしてみるね。また連絡します』と送ることにした。

「ごめんなさい、お父さん」

嘘をつくことに関しては、後ろめたさが半端ない。だが、今は何がなんでも『あの人』から逃げなくてはならないのだ。手段は選べない。

震える手でメールを送信して電源を切ったあと、罪悪感と共に少しの安堵感が眠気を誘う。

『あの人』に囚《とら》われることがない、この優しく安全な場所のぬくもりを感じながら……

2

意識がはっきりしたときには、三日が経過していた。まさか、父にメールを送ったあと、そんなにも長く朦朧《もうろう》としながら眠り続けることになるとは思いもしなかった。

先程携帯を立ち上げて確認したら、父からはメールを送った日に『わかりました。お友達に迷惑をかけないように。あと、荷物を送ってほしかったら連絡ください』という返信が届いていた。父は、私を信用してくれている。だからこその、この返事なのだろう。

母は私が幼い頃に亡くなっている。それこそ、母の記憶がないぐらい昔だ。それからは、父ひとり子ひとりで生活してきた。男手ひとつで育ててくれた父には、感謝しかない。だからこそ、父が再婚したいと言い出したときには背中を押したのだ。しかし――

こちらのお宅で用意してくれたワンピースに着替えながら思い悩んでいると、部屋に家政婦の寿《とし》子《こ》さんがやってきた。

御年七十の女性だ。とてもおしとやかで、おっとりとした雰囲気がある人である。

「あら、とってもお似合いですよ。美雪さん」

「ありがとうございます」

膝下丈のワンピースはアイボリーで春らしい色合いだ。ウエスト部分にはリボンがあり、切り替えプリーツでとてもかわいい。しかし、このワンピースで寿子さんと一悶着《ひともんちゃく》があったのだ。

朝食を済ませたあと、寿子さんは私にこのワンピースを手渡してきた。

『このワンピースに着替えてくださいね』

『素敵なワンピースですね。でも、私にはスーツがあるので。それで大丈夫です』

遠慮する私に、彼女は首を横に振った。

『この家で、こんな若いお嬢さんの服を他に誰が着ると言うのですか？　美雪さんが着なければ、捨てるだけになってしまうんですよ？』

これ以上甘えることはできないと言ったのだが、最終的に涙目で訴えられてしまった。

『着てくれませんか？　貴女に似合うと思って用意されたそうですよ？』

その日に負けた私は、ありがたく頂戴することにした。しかし、そのあとケロリとした表情を浮かべていた寿子さんを見ていると、嵌《は》められたのではないかと睨《にら》んではいるのだけど。

私の格好を見て、彼女は嬉しそうに何度も頷いたあと、のんびりとした口調で言った。

「美雪さん、どうぞこちらへ。旦那様方がお待ちですすよ」

こちらのお宅に担《かつ》ぎ込まれてから三日。昨夜あたりから熱が下がって元気になった私は、ようやく恩人たちと会えることになったのだ。

身だしなみを確認したあと、寿子さんの後について部屋を出る。

彼女は社長宅で働いて長いらしく、内情に詳しいのだと矢上さんが言っていたことを思い出す。

寿子さんにも、熱でうなされているときに大変お世話になった。

何度もお礼は言ったが、後日きちんとしたお礼がしたい。そんなことを考えながら足を進める。

体調が戻るまでは最初に運ばれた部屋でずっと寝ていたので気がつかなかったのだが、ここは相当大きなお家だ。お屋敷と呼ぶにふさわしい。

不躾《ぶしつけ》だとわかっていても、どうしても周りを見回してしまう。

寿子さんの足が襖《ふすま》の前で止まった。ふと、外を見ると立派な和風庭園があった。かなりの敷地があるようだ。グルリと見渡しても塀が見えない。

私が借りていたゲストルームの辺りの様子から洋館だと思っていたのだが、いつの間にか和風な雰囲気に変わっている。

この家は一体どれほど広いのか。自分が生きている世界とまるで違うものを目の当たりにし、驚愕してしまう。

寿子さんが「お連れいたしました」と中に向かって声をかけた。

「ああ、寿子さん。入ってもらってください」

中からおじ様――シャルールドリンク社長の声が聞こえる。それを聞いた寿子さんは、襖を開けた。

畳敷きのその部屋には一枚板の大きな座卓があり、床の間には立派な掛け軸とセンスのいい生け花が飾られている。この部屋をパッと見ただけでも、格式高いことだけは伝わってきた。

中にはおじ様と秘書の男性が座っていて、入ってきた私を見つめてくる。

「ほら、お嬢さん。こちらに、いらしてください」

「は、はい！」

この三日間、初日を除いて彼らが私の元に来ることはなかった。恐らく、矢上さんの発言を聞いて、遠慮してくれていたためだろう。勧《すす》められるがまま座布団に座ると、寿子さんが襖を閉めて出て行った。それを合図に、おじ様は声をかけてくる。

「お嬢さん、体調はいかがですか？」

相変わらず柔らかい物腰だ。ほんわかとした雰囲気のおじ様に、大きく頷いた。

「はい、体調は元に戻りました」

「そうですか。それならよかった」

安堵した様子の彼を見て、恐縮してしまう。おじ様とその隣にいる秘書の男性に頭を下げた。

「今更ですが、三枝美雪と申します。このたびは、ありがとうございました。そして、ご迷惑をかけてしまい申し訳ありませんでした」

心からのお礼と謝罪を言ったあと、顔を上げて二人に言う。

「また後日、改めてお礼に伺います」

この数日間の感謝を伝えたのだが、男性陣二人は顔を見合わせている。どちらも苦い顔をしていることに気がつき、首を傾《かし》げた。どうしたのだろうか、と不思議に思っていると、秘書の男性は小さく嘆息する。

「……ここを出て行くつもりか」

「え？」

そんなふうに言われるとは思っておらず、目を瞬《また》かせた。訳がわからずにいると、今度はぞんざいな口調で繰り返される。

「ここを出て行くつもりなのか、と聞いている」

「えっと……そのつもりですが」

私がこのお宅にずっといていい訳がないし、なによりいる理由もない。彼の意図がわからず、焦ってしまう。

初めて会った三日前にも思ったことだが、彼は常に眉間に皺を寄せて難しい顔をしている。

もちろん今も、その表情を崩していない。クールで口調がきつめなので、怖さも倍増だ。

思わずすくんでしまった私を見て、おじ様はフフッと笑って宥《なだ》めてくる。

「大丈夫、彼は美雪さんを心配しているだけですから。怒ってなどいませんよ？」

「は、はぁ……」

そんなフォローが入っても怖いものは怖い。真っ正面に座る彼からの厳しい視線に負けそうになっていると、おじ様は目尻にたっぷり皺を寄せて声をかけてきた。

「矢上さんから聞いていると思いますが……。私はシャルールドリンクの社長をしています」

「えっと……。野崎《のざき》さん、ですか？」

シャルールドリンク社長の名前は、野崎だったはず。面接で聞かれるであろうことは、今も尚、頭の中に入っていた。それを指摘すると、おじ様は首を横に振る。

「実はこの春、社長は交代することが決定しています」

「え？」

「社長は野崎さんでしたが、病気療養のために今春社長職を退《しりぞ》くことが決定しました。それで、私がその後釜に座ることになったんですよ。元々は違うグループ会社で働いていましたが、今回縁あってシャルールドリンクに」

「そうだったんですね」

篁《たかむら》ホールディングスにはたくさんのグループ会社がある。その中の一つがシャルールドリンクだ。そして、おじ様は今春までは他のグループ会社のトップ、もしくは重役だったのだろう。それなら、このお屋敷の大きさなども納得できる。

「ええ。現在、着々と準備を進めているところでして。社長代理として数週間前から動いておりましてね。入社式でも新入社員たちが私を見て驚いていましたね」

「そう……だったんですね」

今の私には、もう関係のない情報だ。そう思えば思うほど、寂しさが込みあげてくる。

意気消沈していると、おじ様は茶目っ気たっぷりの表情で懇願してきた。

「でも、美雪さんには、社長ではなくておじ様って呼んでほしいですね」

「え？」

彼のことを、ずっと〝おじ様〟と呼んでいた。だが、どうしてそれを知っているのだろうか。

ポッと頬を赤らめると、彼はクスクスと笑いながら言う。

「矢上さんから聞きましたよ。美雪さんが、私のことを〝おじ様〟と呼んでいると。それを聞いたときに、美雪さんにはぜひ〝おじ様〟と呼んでもらいたいと思ったんです」

意外なリクエストに目を丸くさせると、彼は穏やかに目元を緩《ゆる》ませる。

「私の名前を知らなかったからだとは思いますが、おじ様なんて若い女の子に呼んでもらったらドキドキしちゃいますしね」

「ふふっ」

おじ様は、私を緊張や不安から解き放とうとしてくれたのだろう。その優しさに涙ぐんでしまいそうだ。和やかな雰囲気になって顔を綻《ほころ》ばせた私に、おじ様は秘書の男性を紹介してくれた。

「彼は私の第一秘書をしています。恭祐《きょうすけ》さんです。前会社からの付き合いでしてね。彼が入社したときからの仲なのです。彼のことは〝恭祐さん〟と呼んであげてください。皆、そう呼んでいますので」

「恭祐……さん、ですね」

「ええ。そうですよ。彼も私も名字は〝たかむら〟です。漢字は違うんですけどね」

おかしそうに噴き出しながら言うおじ様を見て、きょとんとする。どこか意味深に感じたからだ。

不思議そうにしている私を見てますます楽しそうなおじ様だったが、秘書の彼——恭祐さんをチラリと見て肩を竦《すく》める。盛大にため息をついたあと、おじ様は困惑した様子で言う。

「困ったことに、彼は一人だと自堕落《じだらく》的な生活をしてしまうんですよ」

「自堕落《じだらく》的……」

「ええ、本当に無頓着《むとんちゃく》なんですよ。何事においても」

「は、はぁ……」

「放っておくと、食べるのも忘れるぐらい仕事の虫でしてね。それが心配で、彼が秘書になってからは私がお目付役になっているんです。お節介焼きなんですよ、私は」

クスクスと楽しげに笑うおじ様だが、その隣から異様な雰囲気を感じた。

恐る恐る、恭祐さんに視線を向ける。どこかストイックな雰囲気がある彼なら、プライベートも折り目正しい生活をしているように感じるのだが……

彼には似合わない〝無頓着《むとんちゃく》〟という言葉を聞き、その意外性に目を見張った。話題が自分に飛んできて、恭祐さんは不機嫌な様子だ。意外な一面を見て驚く。

視線が合うと、ばつが悪そうにそらされてしまった。そんな私たちの様子を見て笑ったあと、おじ様は眉尻を下げて顔を曇《くも》らせる。

「早いところ、彼を見てくれるかわいいお嫁さんが来てくれるといいのですけどねぇ」

おじ様がため息交じりで愚痴をこぼすと、恭祐さんの眉間にある皺がより深く刻まれた。

威圧的なオーラを彼から感じる。そんな彼に怯えている私に反して、おじ様は慣れているのだろう。余裕綽々《よゆうしゃくしゃく》で、その冷たい視線を受け止めている。

「そんな理由もあり、彼と一緒にこの家に住んでいるのですよ。私としても、近くに彼がいてくれれば公私ともに私を支えてもらえますし。Ｗｉｎ－Ｗｉｎの関係ですよ。とても助かっているんです」

「そうなんですね」

おじ様を見ていると、ほのぼのとした気持ちになる。大企業の社長とは思えないほどだ。高みに上《のぼ》ったからこそ、心に余裕があるのだろうか。すっかり心を許していたが、ふと彼の隣にいる恭祐さんに視線を向けて再び震え上がった。依然として厳しい表情のまま、冷たい視線を私に向けていたからだ。

一気に顔色を悪くした私を見て、おじ様は困ったように隣にいる彼を諫《いさ》める。

「ほら、恭祐さんが怖い顔をして美雪さんを見ているから、彼女が怯えてしまっていますよ？　可哀想に……」

「むぅ……」

指摘されて少しだけ表情を和《やわ》らげた恭祐さんだが、まだ怖いものは怖い。彼に対して不興を買ってしまっただろうか。あれこれ考えて、肩を落とす。色々とやらかしていたことを思い出したからだ。

会社の前に何時間も居座り、挙げ句の果てに熱を出して倒れるという大迷惑をかけた。

社長であるおじ様が「ここで看病する」と言ってくれたから、渋々滞在させてくれたのだろう。考えれば考えるほど、落ち込んでしまう。

本を正せば、彼は意識を戻した私が涙を流しているのを心配して、病院に連れて行こうと言ってくれた。そんな心の優しい恭祐さんにこうまで厳しい視線を向けられることは、理由がわかっていても苦しくなる。

とにかく、私はこのお屋敷においては、厄介者で間違いはない。こうして元気になったのだから、早くお暇《いとま》した方がいいだろう。もう一度だけお礼を言おうと口を開いたが、恭祐さんの方が早かった。

「君が倒れたとき、帰れないと言っていた」

「え……？」

そんなことを言っていたのか。薄く口を開いて、唖然《あぜん》とした。

あのときは朦朧《もうろう》としていたため、彼らとのやり取りをあまり覚えていない。

帰れない。それは、本当のことだ。だからといって、ここにずっと滞在している訳にはいかない。入社できず働き口がなくなってしまった以上、私に残された道はただ一つだ。父たちがいる実家に帰るだけである。

硬い表情になって口を閉ざすと、恭祐さんはますます追求してきた。

「帰りたくない、とも言っていた」

「……」

そんなことも言っていたのか。初対面の相手にそんなヘビーな内容を口にしていたことに自分も驚いてしまう。それほど、あのときの私は切羽詰《せっぱつ》まっていたということだ。

だが、今は違う。熱にうなされていないし、少しだが気持ちも整理がついてきた。まだまだ考え込んでしまうが、終わってしまったものは取り返せないし、考えたところで事態が好転するとはとても思えない。それに、彼らにはここまで多大な迷惑をかけてきてしまった。これ以上、こちらの事情で振り回すことなどできないだろう。

唇を固く結んだまま、厳しい視線を私に向け続けている恭祐さんと対峙《たいじ》する。

そんな私たちを横から見ていたおじ様が、「まぁまぁ」と話に入ってきた。

「美雪さん、何か事情があるのでしょう？」

「おじ様」

彼が話に入ってくれたおかげで助かった。ホッとして表情を緩《ゆる》めると、おじ様は優しくほほ笑んでくれる。しかし、なぜか恭祐さんはますます怖い顔になった。あまりに恐ろしくて視線をそらしておじ様に向き直る。

恭祐さんの視線が鋭く、顔にジリジリとした熱を感じて居心地が悪い。大いに慌てている私を見たおじ様は、目尻を下げたあと優しく語りかけてきた。

「こうやって知り合ったのも、何かの縁。私に話してみませんか？」

「え？」

人の怖さに直面したあとに、こうして優しい声をかけてもらえると嬉しくなる。

目尻に溜まった涙を人差し指で拭《ぬぐ》っていると、おじ様は依然として面白くなさそうな表情でいる恭祐さんに苦言を呈した。

「若いお嬢さんに、そんな怖い顔をしていたら怯えてしまいますよ」

「そ、そんなつもりは……！」

彼が視線を泳がした。心なしか顔が赤い。先程までの彼とは打って変わり、隙だらけな気がした。硬い表情の恭祐さんしか見たことがなかったので、かなり意外だ。目を瞬《またた》かせ彼を見つめると、ばつが悪そうに頭に手を置いてガシガシと髪を乱している。

黙りこくったままの彼を見て、優しい笑みを浮かべているおじ様。彼らは主従関係なのだが、それ以上の絆が見えた気がした。

彼らといると、縋《すが》ってしまいたくなる。私だけでは手に負えそうにもない悩みを抱えているからだ。本当は甘えてしまいたい。話だけでも聞いてほしかった。しかし、人様に頼っていいようなものではないだろう。小さく首を横に振る。

「お気持ちは嬉しいです。でも、とてもお話しできるようなものではなくて……」

私が渋《しぶ》っているのを見て、おじ様は難しい顔つきになる。そして、なぜか恭祐さんに視線を向けて何かを目で訴えているようにも見えた。

どうしておじ様が伺いを立てるように彼を見ているのか。そのことに疑問を抱いたとき、恭祐さんがテーブルの上で手を組んだ。そして、こちらを射貫くように強い眼差しを向けてくる。少しの違和感は、彼の顔を見て消え失せた。ドクンと胸が大きく高鳴る。

先程までは、彼の雰囲気に怯えてしまっていて見ることができなかったから気がつかなかった。私をとても心配しているように彼の瞳が揺らいでいること、そして真摯《しんし》な視線は厳しさだけでなく優しさに溢れていることに。

唇を動かそうとしたが、何を言いたいのか自分でもわからず、そのまま噤《つぐ》んだ。

恭祐さんは小さく息を吐き出したあと、冷静沈着という言葉がよく似合う声色《こわいろ》で言った。

「家に帰ることができない、家出少女を見過ごすことはできない」

「家出少女って……。もう、成人しています！」

真面目くさった顔で言うものだから、思わず噴き出してしまう。クスクスと声を出して笑い出した私に、恭祐さんは呆気《あっけ》に取られている様子だ。しかし、すぐに憮然《ぶぜん》とした顔に戻る。どうして笑われているのか、わからないからだろう。彼が不機嫌になるだろうと予想していたが、やっぱりなった。予想が当たり、彼には悪いが楽しくなってしまう。久しぶりに心から笑った気がした。三日前の入社式の日から笑えなかったから、なんだか凝《こ》り固まった心が少しだけ解《ほぐ》れた気がする。

恭祐さんがおじ様に視線を向けると、彼は小さく頷いた。そして、こちらに身を乗り出すように、説得を試《こころ》みてくる。

「もし、美雪さんがここを出て事件に巻き込まれでもしたら……。おじ様は、心配で夜も眠れません」

「おじ様……」

「ねぇ、美雪さん。お願いですから、私を頼ってはくれませんか？」

彼にはお世話になった。感謝をしてもしきれないほどだ。

あの日、倒れた私を介抱してくれ……結果的には、家に帰らなくてもよくなった。間接的にではあるが、二度助けられたことになる。そんな相手に、何も言わずに去るのはかえって失礼になるだろう。私は、覚悟を決めて彼らに話すことを決めた。

「ずっと父と二人きりで暮らしていたのですが、一年前に父が再婚して新しい家族ができました。でも、事情がありまして……。就職を機に家を出ようと考えていたんです。でも、家を出ることができなくなりました」

そこで視線を落とす。入社できなかったことが心に重くのし掛かっているようで、現実を口にするだけで苦しい。

それに、肝心なことはやはり言えなかった。誰かに助けを求めた方がいいはずなのに、どうしても『あの人』からの恐ろしい執着心が枷《かせ》となっていて口に出せない。『あの人』が彼らに危害を加えてしまうかもしれないという恐れが先立ち、怖くて言い出すことができないのだ。キュッと唇を噛みしめたあと、顔を上げて二人を見つめた。

「本当は私もあの日、シャルールドリンクの入社式に出席するはずでした。ですが、どうしてか入社辞退届を出されていて……私の入社は、ないものとなっていました」

「……それで、あの場所にいて何時間もうちの会社を見ていたのですね」

「はい」

おじ様は納得したように頷いたあと、視線を落とした。

その様子を見る限り、あの時点で私が入社できなかった新入社員だということは知らなかったようだ。私の身元もわからないのに、心配して声をかけてくれたのだろう。ありがたくて、我慢しきれなかった涙が頬を伝う。慌てて手で拭《ぬぐ》うと、目の前にハンカチが差し出された。顔を上げると、今も眉間に皺を寄せている恭祐さんがいつのまにか立ち上がり、ハンカチを手渡してきている。それをありがたく借りて、ハンカチで涙を拭《ぬぐ》う。

彼は再び腰を下ろし、声をかけてくる。

「働く場所もない今、君はどうするつもりなのか。家に帰るのか？」

「一度、帰るしかないと思っています」

本当は帰りたくなんてない。だが、今の私には行く場所がない状況だ。とりあえずは家に戻り、父には正直に今回の顛末《てんまつ》を話さなければならないだろう。

そして、家に戻ったら就職活動のやり直しだ。あれだけ苦労して就職活動をしたのに、振り出しに戻ってしまった。やるせない思いが心に影を落とす。

落ち込む私を見て、彼らも困惑している様子だ。自社に入社予定だった女性が、何者かによって勝手に入社辞退をされてしまった。その事態を、特に恭祐さんは重く受け止めている様子だ。腕組みをして眉間に皺を刻んだあと、彼は低く唸《うな》る。

「どうして、入社辞退届が……」

私は、肩を落として首を横に振る。

「私は、辞退を申し出てなんていません。入社することを楽しみにしていたのに」

悔しくて、言葉を吐き出しながら涙声になってしまう。入社式のとき、私の応対をしてくれた人事部課長に説明されたことも付け加えて話した。ハンカチをギュッと握りしめていると、恭祐さんが重く嘆息する。

「それだけ辞退をしたという証拠が残っていると、君が反論したとしても通らないだろうな」

「そう、ですよね」

コクリと頷くと、恭祐さんは眉間の皺をより深く刻む。重苦しい空気の中、彼は再び息を吐き出した。

「君に覚えがないのなら、誰かがなりすまして辞退を申し出たのだろう。昨今なりすましの件は問題になっているからな。オヤカクをする会社もあるというし」

「オヤカク？」

「親に確認を入れることだ。ご子息、ご息女が入社しようとしていますが、異論はありませんかと彼らの親に確認を取ることを言う。あとで揉《も》める元にならないように」

そんな問題もあるのか、と目を丸くする。入社までに色々と問題が起こっているのは、どうやら私だけではないようだ。

「シャルールドリンクでは、今まで君のように誰かがなりすまして入社辞退を申し出てきたという例は一度もなかった。だからこそ、人事部としても対応には困ったことだろう」

おじ様も隣で大きく頷いたあと、「事情はわかりましたが……」と話に入ってきた。

「弊社に落ち度があったという可能性も捨てきれませんよ」

「おじ様」

「少しだけ時間をいただけませんか？　美雪さん。これから調査をしてみますから」

ダメ元ではあるが、お願いしたい。おじ様を見て、大きく頷く。

「よろしくお願いいたします」

深く頭を下げる。そんな私を見ておじ様は何度か頷いたあと、カラリと笑って提案をしてきた。

「さぁ。ここからが、ここにお呼びだてした本題です。美雪さん」

「え？」

入社辞退のなりすましについて調査してくれることに感謝していたのだが、まだ何か相談事があっただろうか。首を傾《かし》げると、おじ様はニコニコと朗《ほが》らかな笑顔を崩さずに言う。

「美雪さんは、ご実家に帰りたくないのですよね。でも他に帰る場所がないから帰るつもり。そうですよね？」

「はい」

「お父様との関係は良好ですか？」

「え？　はい。仲はいい方だと思います」

突然父の話を聞かれたので、慌てて返事をする。脈絡があまりになく、ますます疑問を抱く。

訝《いぶか》しげにしている私を見ても、おじ様の表情は変わらない。大企業のトップとしての威厳を含みつつ、ただ、柔らかくほほ笑んでいる。すっかり気を許していると、柔らかい声で質問された。

「それでしたら、今回のことはお父様にはなんとお話しされているのですか？」

一瞬、返事に悩む。だが、正直に伝えることにした。

「実は……嘘をついています。きちんと入社できて、同期のマンションに滞在させてもらっていると」

「なるほど。それで、お父様からはなんと返事が？」

「わかりました、と。荷物を送ってもらいたかったら言いなさいと連絡がありました」

素直に話す私を見て、彼は頷きながら顎《あご》に触れて何やら考え事をしている様子だ。

「お父様が心配されないように嘘をついているということですね。それなら、そのまま嘘をつき続けましょう。安心してもらうためにも、少々フォローはしないといけませんが」

きちんと正直にすべて話しなさいと注意されるかと思っていたので、ポカンと口を開けてしまう。

まさか、そんな返事が来るとは思っていなかった。おじ様は私をジッと見つめながら、提案をしてくる。

「と、いうことで。美雪さん」

「は、はい」

「調査が終わるまで、この家で家政婦をしませんか？」

「え……？」

呆気《あっけ》に取られていると、彼は笑みを浮かべたまま続ける。

「お話を聞く限りお父様との関係は良好。ご実家に帰りたくない理由は、新しい家族と折り合いが悪いからなんですよね。となれば、美雪さんが家に帰ることによりお父様が新しい家族と板挟みになる可能性が出てくる。その点も美雪さんが家に帰ることを躊躇《ちゅうちょ》している原因だと思うのですよ」

「……はい」

その通りだ。『あの人』に対して危惧していることを父に伝えれば、おじ様が言っている事態に陥《おちい》るはずだ。

父は私を信頼してくれているが、『あの人』に対しても絶対的な信頼を寄せている。

それを知っているからこそ、『あの人』が私に対して今回のような妨害工作をしてきたと言ったとしても信じてくれないかもしれない。そういう不安があることも事実だ。

真剣な眼差しで見つめると、彼は好々爺《こうこうや》といった雰囲気で目元を緩《ゆる》ませた。

「そういうものを全部ひっくるめて考えても、我が家にいることが今の美雪さんにはベストなんじゃないかと思うのですよ」

「でも！　それじゃあ、迷惑ばかりかけることになって申し訳ないです」

慌てて首を横に振ると、なぜかおじ様は目を輝かせた。

「だから、家政婦をしていただきたいんですよ」

「え……？」

「入社の件については調査中。その間、美雪さんは身動きが取れない。職探しができないのに家には帰りたくないですよね？」

「そう、ですね」

渋々と頷くと、彼は試すように聞いてくる。

「で、美雪さんは、何もせずにこの家に止《とど》まるのは申し訳ないと思っているんでしょう？　理由がないのに無理だと主張されるのですよね？」

「もちろんです！」

身を乗り出さんばかりに前のめりで頷くと、彼は満足そうな表情を浮かべた。

「そこで、美雪さんにこの家の家政婦をしていただきたいのです。そうすれば、心苦しい気持ちにはならないでしょう？　住み込みの臨時アルバイトみたいなものだと考えていただければいいのですから」

「うぅ……っ」

グラグラと意思が揺れる。その提案は、私にとっては渡りに船。しかし、ここまで色々とお世話になった上に、提案を受け入れればさらにお世話をかけることになる。それを考えると心苦しいことに変わりはない。

チラリとおじ様を見ると、大丈夫ですよ、と安心させるような笑みを向けてくれた。

それを見て安堵したあと、ゆっくりとその隣を見る。ずっと無言で私たちのやり取りを聞いていた恭祐さんは、やっぱり眉間に皺を寄せていた。だが、彼の目は私をまっすぐ見つめている。その視線は、どこか心配そうに、それでいて見守ってくれているように感じた。そして、私と視線が合った瞬間、一つ大きく頷く。この話に乗るべきだ。乗りなさい。そんなふうに強く言い聞かされている気持ちになった。

私をジッと見つめながら、彼はおじ様に加勢してくる。

「家政婦の寿子さんだが……。ここ最近、体力的に仕事が大変になってきたと言っている。君が寿子さんの手助けをしてくれれば、喜ぶと思う」

ぶっきらぼうに言う恭祐さんを見て、なんとなく彼の人となりがわかってきた。要するに、不器用な人なのだ。見目がいいから何もかもを完璧にこなすように見えるが、そうではないらしい。

しかし、そういうところに人間くささを感じて、安心できた。

恭祐さんもOKを出してくれるのなら、大丈夫だろう。邪魔者扱いされていないことに、ホッとする。

「働かせていただけるのなら、なんでもします！　よろしくお願いします」

決意表明をした私を見て、おじ様は満足げだ。

「すぐにでも――」

意気揚々《ようよう》と腰を上げると、おじ様は「めっ！」と小さな子を諭《さと》すようにストップをかけてくる。

目を見開いて驚く私を見て、おじ様は肩を竦《すく》めた。

「美雪さんはそう言い出すかと思っていましたが、それはダメです。また倒れてしまったら元も子もありませんよ。今は休むときです。雇い主としての命令です」

やる気満々で目を輝かせている私を制止してくる。おじ様は笑顔だが、言葉尻は強い。

絶対に許さないという気持ちが見え隠れしている。それを感じた私は、渋々とだが了承した。

「わかりました」

「わかっていただけて嬉しいですよ。――ああ、ちょうどいいところに来ましたね、寿子さん」

「はい、どうかされましたか？」

寿子さんがちょうど部屋に入ってきた。お茶を持ってきてくれたようだ。

お茶を座卓に置き始めた彼女に、おじ様は話しかける。

「喜んでください。美雪さんが家政婦をしてくださることになりましたよ」

「あら！　まぁ！」

「口説き落とすことに成功しました」

「ふふふ！　旦那様。グッジョブですわ」

グッと親指を立てて恭祐さんに見せたあと、寿子さんは嬉しそうに口元を綻《ほころ》ばせた。

どうして恭祐さんを見て〝旦那様〟と言ったのかと首を傾《かし》げる。今まで寿子さんは、おじ様のことを〝旦那様〟と呼んでいたはず。そのことに多少の違和感を覚えていると、彼女は私に向かってほほ笑みかけてくる。

「本当に助かります。年のせいでしょうか。最近体力が落ちてきているのを痛感していたんですよ。このお屋敷、見ての通りとても広いでしょう。一人で掃除するのは大変で」

「え？　こんなに広いお屋敷をお一人で管理されていたんですか？」

目を丸くさせると、彼女は頬に手を当てて眉尻を下げた。

「そうなんですよ。とはいっても、毎日お掃除をするのは主に使用している部屋などで、それ以外は一週間かけてやっているのですけどね」

これだけ広いお屋敷だ。自分の祖父母世代である彼女には重労働である。

少しでも手助けができるようになりたい。彼女にそう伝えると、とても喜んでくれた。

しかし、彼女にもしっかりと釘を刺されてしまう。

「でも、今日はのんびり過ごしてくださいね。病み上がりなんですもの。そうですよね？」

寿子さんは、そう言ってなぜか恭祐さんに同意を求めた。

「え？　ああ。徐々に仕事をしてくれればいい」

動揺した様子の恭祐さんを見て、寿子さんは「あ！」と声を上げて慌てておじ様に話しかけた。

「えっと、旦那様。それでいいですわよね？」

「もちろんですよ、寿子さん。美雪さんには徐々に仕事をしてもらうようにしてくださいね」

どうして三人が挙動不審になっているのかわからず不思議に思ったが、寿子さんに手招《てまね》きされて慌てて立ち上がる。

「では、美雪さんをお部屋にお連れしますね。まだ、病み上がりなんですもの。今日はベッドの上でゆっくりとしていてください。あちらにホットレモネードを用意しますから」

「寿子さん、ありがとうございます。嬉しいです……」

人の優しさにどっぷり浸かり、心身ともに疲れ切っていた心に滲《し》みる。

涙腺まで弱くなった私の背中にポンポンと触れたあと、寿子さんは部屋へ戻ろうと促《うなが》してきた。

部屋を出る前に、おじ様と恭祐さんに改めて頭を下げる。

「色々と本当にありがとうございます。お仕事、頑張らせていただきます」

「ええ、こちらこそ。頼みますね」

「はい」

満面の笑みで返事をして部屋を出ようとすると、「待て」と恭祐さんに呼び止められた。

どうしたのかと振り返ると、彼はいつものように難しい顔をしている。しかし、なかなか口を開かない。私が不安を抱いていると、ポツリと小さく呟いた。

「……無理はするな」

「え？」

「それだけだ」

そう言うと、彼は立ち上がり足早《あしばや》に部屋を出ていく。その後ろ姿を見送ったあと、呆気《あっけ》に取られながら呟いた。

「えっと？　恭祐さん？」

気を遣ってくれたのだろうか。彼の発言に驚いていると、おじ様と寿子さんは視線で合図を送り合ったあと笑い出す。

「え？　え？」

なぜ笑い出したのかと視線で問うても、二人はその理由を話してはくれなかったのだった。

3

「おい、高村《たかむら》。何か言いたいことがあるのか？」

自室に引きこもった俺だったが、そこに〝おじ様〟と若い女に呼ばせてやに下がっていた男、高村がやって来た。

「いいえ、なんでも」

「……」

なんでもないと言いながらも、彼の目は何か言いたげにしている。それも、ニヤリと効果音がつくほど意味深だ。

高村信敏《のぶとし》、御年五十七歳。つい先日まで、篁ホールディングスで社長の右腕として会社を切り盛りしていた男だ。人のよさそうな温和な人物だが、それだけではない初老である。

そんな一癖も二癖もある高村は、篁社長の命令でグループ会社であるシャルールドリンクの社長秘書として派遣されることになったのだ。

その背景には、シャルールドリンクを長年引っ張ってきた野崎社長の体調問題があった。

だましだまし仕事を続けていたが、ここに来て体調が芳《かんば》しくなくなり志半《こころざしなか》ばで社長職を辞任することを野崎は決意したのである。

彼の代わりとして急遽《きゅうきょ》、篁ホールディングス社長の息子が新社長として就任することになったのだが……。それが俺だ。

篁恭祐。三十五歳。国内屈指の企業をいくつも抱えている篁家の嫡男《ちゃくなん》だ。今までは篁ホールディングスの本社にいて、それこそ休む間もなく働いていた。いや、休む間がないように働いていたと言う方が正しいか。

高村が美雪にも言っていたが、確かに俺は生活全般において無頓着《むとんちゃく》だ。

仕事ばかりの毎日で、プライベートなどないに等しい。食事も腹が満たされれば、栄養のことなどどうでもいいという体《てい》たらくだ。

今は家政婦の寿子さんがいるので朝と夜しっかりと食べさせられてはいるが、一人暮らしをしていた頃は、気がつけば一日何も口にしていなかった、などという日もあるぐらいのワーカホリックだった。

そんな俺を高村が見かねて、この屋敷で一緒に住み始めたのはいつだったか。ここは篁家の別宅で、五年ほど前までは親戚が住んでいた。だが、海外に移住するというので俺が管理を任されたのである。元々本宅である実家にいた寿子さんをこちらに呼び、高村も住みつき今に至るという訳だ。

美雪には高村がシャルールドリンク新社長で、俺の方が社長秘書だと伝えてあるが、あれは真っ赤な嘘である。その逆だ。

三日前、彼女と初めて会ったときに思わず嘘をついてしまい、今も尚それが影響している。高村は、そのことも含めて何か言いたいのだろう。だが、こちらとしても言い分はある。

椅子に座ってふんぞり返り、足を組む。そして、ソファーに座って一見人のよさそうな笑みをたたえている彼を睨《にら》みつけた。しかし高村は、俺の睨みなど慣れたものといった様子で未だに笑みを絶やしていない。

高村は、昔から曲者《くせもの》だ。それは、幼い頃から顔を合わせている俺が一番よく知っている。そもそも、キレ者でなければ篁ホールディングスのトップの右腕として長年勤め上げられはしないだろう。

盛大にため息をついて高村に鋭い視線を送り続けていると、彼はニヤリと意地悪く笑った。

「本当に何もございませんよ？　恭祐さん」

「そんなふうには、見えないが？」

「いえいえ、とんでもない。私は、ただ恭祐さんの意向を汲《く》んで猿芝居をしているだけ。もちろん、矢上さんと寿子さんも」

「……」

「無計画で嘘をついたから、周りが巻き込まれて大変、大変！　先程、寿子さんも焦っていましたよ？　いつもの癖で、恭祐さんにお伺いを立ててしまったって」

チクリチクリと痛いところを突いてくる。俺は右手で髪を掻《か》き上げ、クシャクシャとかき乱した。

「イヤミ満載じゃないか」

「おや？　そんなふうに聞こえてしまいましたか？」

ばつが悪くて何も言い出せないでいると、高村は天井を見上げて息を吐き出した。

「まさか、美雪さんに私がシャルールドリンクの社長で、貴方がその秘書だなんて言い出すとは思いませんでしたねぇ」

「あのときは……。それが一番だと思ったんだ」

吐き捨てるように言うと、彼は息を吐いた。

「確かに。貴方は地位、容姿ともに女性に追いかけられることが多いですから。若い女性に声をかけるのなら、妥当な芝居だったのでしょうけどね」

高村が呆れたように言うのを聞いて、俺は小さく頷く。

シャルールドリンクの就職試験を受けたことがある彼女なら、シャルールドリンクが篁ホールディングスのグループ会社だということがわかっているはず。親会社の社長名も頭に入っていることだろう。

通称おじ様である高村は、親会社社長と同じ〝篁〟だと思っているに違いない。

そして、高村は美雪に、『二人の姓は漢字は違うが、同じ呼び名』と伝えた。

恐らくだが、俺の名字は〝たかむら〟呼びで一番多いであろう〝高村〟という漢字の方を思い浮かべているはず。篁と高村。同じ呼び方でよかったと思ったのは、初めてだ。

何かの拍子に、俺のことを〝たかむら〟だと誰かに呼ばれたとしても、篁家とは繋がらないだろう。とはいえ、下の名前を確認されたらアウトではあるのだが……

美雪がどんな女性なのかわからない今、敢《あ》えてこちら側の情報は伝えない方がいいだろう。もしかしたら、俺の周りにいる女性たちと同様になる可能性がある。

俺は、昔から女性にモテていた。こちらが断っても、女性から追いかけられることは多々ある。それも、しつこいほど粘着気味で呆れかえってしまうほどだ。三十代になってからは俺の妻の座を狙って、あらゆる女性がモーションを掛けてきている。俺自身を好いてくれているのなら、まだ許せる。だが、彼女たちの目は俺の背後にばかり向けられていた。

篁ホールディングスの御曹司という肩書きがあるからこそ、俺の魅力が高まる。彼女たちにとって、俺の存在意義はそれだけだ。一生の伴侶《はんりょ》を得たい。人を愛したい。心からそう思ってはいるのだが、そういう背景があり、なかなか相手は見つからない。

自身の周りには、肩書き狙いの女性ばかりだ。そんな女性たちしか周りにいないのなら、一生独身でいい。そう思った俺は、ここ数年女性と距離を置くようになった。

徹底して女性と距離を置いていたので、俺が見知らぬ女性に素性を隠す理由を高村は理解しているようだ。だからこそ、「早くかわいいお嫁さんを」などと言ってきたのだろう。

俺だって、そんな未来が来ればいいと二十代の頃は思っていた。しかし、女性関係に関しては、俺はすでに諦めの境地である。美雪のことだっていつもなら、自分から声をかけることなどせず、高村に任せていただろう。

だが、あの日。彼女の姿を見た瞬間。どうしてだか、気になって仕方がなくなってしまったのだ。ひょんなことから美雪を助けた訳だが、彼女がのっぴきならぬ事情を抱えていそうだとわかった今、むやみやたらに自宅に帰す訳にはいかない。

(そう、仕方なくだ)

腕組みをして天井を仰いでいると、高村は「ですが……」となぜか神妙な様子で口を開く。

「この猿芝居。当分続けておいた方がいいでしょうね」

「は？　どういうことだ」

意味がわからない。あれだけイヤミを言っていた人間が言うべきことではないだろう。

それなのに、美雪に嘘をついておいた方がいいと言い出したのはなぜだろうか。

不思議に思いながら彼を見つめると、先程までの好々爺《こうこうや》から一転。厳しい視線で睨《にら》みつけてくる。

「恭祐さんの態度がねぇ……」

「俺の態度？」

「そう。貴方の態度が酷《ひど》すぎます。相手は女性。それも大学を出たばかりの新卒生、まだ社会を知らないうら若き乙女ですよ？　もう少し柔和《にゅうわ》な口調、態度で接するべきでしょう」

何も言えないでいると、高村はより口調を強めてきた。

「美雪さん、可哀想に……。恭祐さんの顔色ばかり窺《うかが》っていましたよ？　ビクビクと震えて」

「……」

「あぁ、可哀想に」

何度も強調して言われると、こちらとしても何も言えなくなってしまう。

確かに高村が言う通りで、彼女は俺を見るたびに怯えていた。

別に意地悪をしたくて冷たい態度を取っている訳ではない。これが標準装備なのだから、仕方がないだろう。高村にそう言うと、盛大にため息をつかれてしまった。

「織絵《おりえ》さんが亡くなられる前は、ここまで酷《ひど》くなかったですよ」

「……」

「大好きだったお兄様が、自分の死を境に、女性に対して冷たい態度を取るようになってしまったなんて知ったら……。あの優しかった織絵さんは、嘆き悲しむでしょうよ」

それを言われると辛いが、妹である織絵が亡くなった日を境に女性に対して特に冷たくなったのは確かだ。

あの日。俺は商談だと言われて渋々料亭に向かったのだが、そこにいたのは商談相手と、その娘。

要は、仕事の話をするのではなく、縁談を取りまとめようとする魂胆《こんたん》だったようだ。

丁寧に断りを入れているのにもかかわらず、その父親と娘は一向に引いてはくれない。

そんなときに、携帯が鳴った。それに出ようとしたのだが、商談相手の娘は俺の携帯を取り上げたのだ。

「ダメですよ、篁さん。今は、私とお見合いの最中なのですから」

そんなふざけたことを言って、なかなか携帯を返さなかったのである。

「こういう手を使ってくるのでしたら、こちらも考えがあります」

そう言って商談相手を脅し、ようやく携帯を取り上げることに成功。すぐさま店を飛び出し携帯を確認すると、そこには着信履歴の数々が。織絵の主治医がいる病院からの電話だった。

慌てて折り返すと織絵が緊急搬送されたという連絡で、すぐさまタクシーに飛び乗って病院に向かったのだが――

すでに織絵は、話すこともままならない状態になっていた。

「さっきまで意識があったのよ。織絵、貴方のことを呼んで……っ」

涙を流しながら言う母の言葉を聞いて、愕然《がくぜん》としつつも腹の底から怒りが込みあげてきた。

あの女が携帯を取り上げなければ。仕事だと偽り、見合いの席などを設《もう》けられていなければ、織絵と最期《さいご》の会話ができていたかもしれないのに……！

結局、織絵はその後、目を覚ますことなく遠い空へと旅立ってしまった。

あの一件以降、どうしても女性を見ると信じられない気持ちになってしまう。商談相手の娘のような女性ばかりではない。頭ではわかっている。だが、どうしても心が女性を拒否してしまう。そんな調子なので、高村が俺を批難するのも無理はない。

美雪は、とにかくこちらを見ては怯え震えていた。そうでなくても、彼女は何かに怯えている。これ以上苦しませてはいけない。それだけはわかっていたのに……

彼女に対して柔和《にゅうわ》な態度が取れなかったのは、こちらのミスだ。

何も言わずに黙ったままでいると、高村はポツリと呟く。

「恭祐さんの気持ちが、わからない訳ではありませんがね」

「高村」

「まぁ、恭祐さんが急に優しくなるのは無理でしょう？　だからこそ、よかったんですよ。私と貴方が入れ替わった方が」

「は？」

「もし、これで恭祐さんがシャルールドリンクの社長だなんて言ったら、遠慮してここを出て行くと言いかねないし、ますます貴方に近づけなくなりますよ。社長より秘書という立場の方が、彼女にとって話しやすいはずですしね」

「……それは、どうだろうな」

「え？」

高村がきょとんとした顔をしたので、自虐的に苦笑する。立場が社長だろうが、秘書だろうが。彼女は、どちらの自分を見ても怯えるだろう。

寿子さんが運んできてくれたコーヒーに口を付け、俺は入社式の日のことを思い出す。

入社式での挨拶を終えてホールから社長室へと戻ったとき、仕事に取りかかる前にふとガラス窓の近くへと歩み寄り、自身が社会人になったときのことを思い出していた。

俺に職業の自由、未来の自由はないに等しかった。実家が日本屈指の大企業だ。その跡取りとして育てられていたことは、幼い頃からわかっていた。本当は経営ではなく違う道に進みたかったが、それは叶わぬ夢となり……

結局は、親が敷いたレールの上を乗っかる道を選んだ。そんな自分に失望しながらの入社式だったのだが、今日の新入社員たちは明るい未来に目を輝かせていた。

自分のときとはえらい違いだな、と壇上にいて苦笑したが、俺とて今はあのときの絶望感は嘘だったのかと思うほど仕事に精力的なのだから、人は変わるということだろう。

とはいえ、今日見た新入社員たちのように、純粋に未来に希望を抱いているかといえば嘘だ。

自分の人生は、これからも仕事一色だ。それでいいと思う反面、本当にそれだけでいいのかと問いかけてくる自分もいる。どちらにしても、この立場から逃れることはできず、日々、数字や結果に追われることになるのだろう。ため息交じりで苦笑しているときだった。

「……ん？」

オフィスビル前にある噴水を見下ろしたときに、ある女の子を見つける。

リクルートスーツを着ている彼女を見て、うちに入社した社員だろうかと思った。だが、この時間はまだ新入社員はホールにいるはずだ。不思議に思って彼女の顔を見つめていると、遠目でもわかるほど意気消沈といった雰囲気を纏《まと》っていた。俺が入社式を迎えたときと同じで、人生を諦めているような暗い顔がとても気になったのだが……

「どうかされましたか？　社長？」

「いや……。なんでもない」

高村に声をかけられた俺は、なんとなく彼女が気になりつつもデスクに戻って仕事に取りかかった。そのまま次から次へとデスクに積まれていく書類に目を通していたのだが、そのとき自分の隣に立った高村がふと呟いたのだ。

「雨が降ってきましたね」

「え？」

そこで、脳裏《のうり》の片隅に追いやっていた先程の彼女のことを思い出した。

腕時計を確認したが、あれから随分経っている。もう、彼女はいないだろう。そう思う反面、もしかしたらまだあの場所にいるかもしれないと、理由もなく不安になった。椅子を反転させ、窓の外を覗き込む。

「あ！」

そこには、先程の彼女がまだいた。雨が降り出したというのに、ベンチの傍に突っ立ったまま動こうとしない。

「何をしているんだ……。彼女は」

最初こそ小降りだったのだが、次第に雨脚《あまあし》は強くなってくる。このまま突っ立っていたら、びしょ濡《ぬ》れになってしまうだろう。俺のじれったい思いが届くはずもなく、彼女は未だにその場を動こうとしない。

「クソッ！」

「社長？」

驚く高村に「下に行ってくる」とだけ伝え、部屋を飛び出て彼女の元へと駆けつけた。

傘を差していても濡《ぬ》れてしまいそうな雨の中、彼女は未だにその場に立ち尽くしたままだ。

傘を広げ、雨の中を飛び出した。だが、すぐに足を止める。どうやって声をかければいいのか。それも迷いが出てしまったからだ。そして、どうして自分はこんなに彼女を気に掛けているのか。それも理解できなかった。

彼女を見ると、視点が定まっていない様子だ。もちろん、近くにまできた俺の姿も捉えていない。虚ろな横顔は、絶望感を漂わせていた。社長室からは顔色までは見ることができなかったが、彼女の顔は青白く今にも倒れてしまいそうになっている。

一瞬、織絵の顔が浮かんだ。

織絵が死んだときと同じぐらいの年齢の彼女を見て、やっぱり見て見ぬ振りなどできなかった。

彼女がずっと気に掛かっていたのはきっと……織絵の影と重ねたからだったのだろう。ようやく理由を捻出することができ、なぜかホッとした。彼女を助ける理由を無理矢理探していた自分に気がつきたくなくて、足を動かす。そして、すでにずぶ濡《ぬ》れになってしまっていた彼女に傘を差し掛ける。

大丈夫か、そう声をかけたあと、なんと言ったらいいのかと迷ってしまった。心配になって駆け寄ったはいいものの、もしかしたら社に不利益をもたらす存在かもしれないのだ。むやみやたらに素性を明かすものではない。自分はこの会社のトップだ。足元を掬《すく》われるようなことは、絶対に避けなければならない。

そこで咄嗟《とっさ》に口から出たのが、「我が主人が心配をしている」という嘘だ。

いきなり偽りの演技をしなくてはいけなくなった高村は、一瞬かなり驚いた様子を見せたが、口裏を合わせてくれた。しかし、そのあとに彼女の口から零れ落ちた言葉に、胸が鷲《わし》づかみにされたように痛んだ。彼女のその声には悲しみと寂しさが含まれていて、心の奥底から彼女を助けたいという気持ちが込みあげてきた。

見ず知らずの他人に対して、それも女性に対して、そんな感情が自分の中から湧き上がってくることが意外で驚きを隠せない。だが、戸惑う暇すらなく、彼女はその場に倒れ込んでしまったのだ。

結局、何やら事件性をも感じさせる彼女を放っておくことはできず、自宅まで連れ帰ってしまった。

ここ数年の俺を知っている高村は、とにかく驚いただろう。もちろん、俺自身も驚いている。

熱も下がり、元気になった美雪。だが、彼女を実家に帰していいものか。妙な胸騒ぎを覚えるということは、高村の意見と一致した。そこで、彼女を足止めするために、我が家の家政婦になってほしいと頼んで引き留めることにしたのだが……

(それにしても、俺ってそんなに怖いのか?)

高村に聞いたら、確実に「怖いなんてものじゃないですよ」と言われそうだ。俺を見て怯える美雪の顔を思い出し、密《ひそ》かに落ち込んでしまう。

織絵と接しているときは、もっと身構えずにできていた。笑顔だって浮かべることはできていたはずだ。死ぬ前の妹と同じ年齢の女の子なのだから、もっと気楽に接してあげたい。

そう思う反面、なんだか釈然としないこともある。全部俺のせいだということはわかっているのだが、彼女の態度がどうしても気に入らない。

高村に対しては肩の力が抜けているし、高村のお願いなら素直に聞いている。だが、俺に対しては身構えているし、ビクビクとしている様子がヒシヒシと伝わってくるのだ。もっと、こう……。高村より俺の方が年も近いのだし、フランクにしてもいいはずだろう。

「本当、気に食わない」

「何か言いましたか？」

「……なんでもない」

思わず出てしまった本音だったが、彼には聞こえなかったようで安堵した。

わざとらしく咳払いをしたあとにコーヒーを飲み干していると、高村が目の前にあるテーブルに調査書と書かれた冊子を置く。

「美雪さんには、これから調査に入ると伝えましたが……。社内での調査資料です」

その冊子に手を伸ばしてペラリと表紙をめくる。そこには、美雪の入社試験結果、履歴書、エントリーシート、研修での態度などが記載されていた。面接を担当した社員、研修を行った社員のコメントを見ると「控え目だが、礼儀正しく、周りをよく見る力あり」とあった。彼女が入社した折には、秘書課への配属も検討されていたらしい。

もし、何者かによって入社辞退届を出されていなかったら、彼女は俺の傍で仕事をすることになっていたのか。入社試験の結果はトップ。専攻は英文科で、英語は得意らしい。優秀な成績だったことが窺《うかが》えるその内容に、眉根が寄る。

「……惜しいな」

「全くです。こんなに社の力になりそうな女性を……誰が陥《おとしい》れようとしたのでしょうね」

ページをめくって進めていくと、彼女の身辺調査の結果が書かれてある。

サラリーマンの父と専業主婦だった母の間に生まれた美雪。彼女が生まれてすぐに母親は亡くなっていた。ずっと父娘の二人暮らしだったようだ。

だが、昨年、彼女の父はデザイン会社社長と結婚。今まで住んでいたマンションから一軒家を構えて移り住んだようだ。義母には前夫との子供がおり、現在は家族四人で暮らしているらしい。

この辺りまでの情報は美雪の口からも聞いており、彼女の言っていることと相違はないようだ。

「彼女と父親の関係は良好。新しい家族と折り合いが悪いと言っていたが……。義母か、義兄と何かトラブルがあるということか」

「そう考えるのが自然でしょうね」

高村は、言葉を濁《にご》す。それに同意して頷いた。

彼女には〝オヤカク〟の話をしたが、新しい家族が彼女の就職先を気に入らなくて妨害してきた可能性はゼロではないだろう。

「彼女の話から推測すると、家族が妨害してきたという可能性が高いな」

「ええ。その線が高いかもしれませんね。もしかしたら、彼女自身、犯人の目星はついているのかもしれない」

「だからこそ、家には帰りたくない……か」

父親が新しい家族と美雪の狭間で苦しむのがわかっているからこそ、彼女は家に帰れないし、入社できなかったことを父親に話せないのだろう。そう考えるのが自然だ。

腕を組んで考え込んでいると、高村は静かに口を開く。

「彼女の歯切れの悪い様子。あれは、まだ何かを隠しているように感じましたね」

「高村、お前も感じたか……」

「ええ。いずれにしろ、家庭が複雑なのは間違いないでしょう」

高村の考えに同意する。美雪のあの様子は、まだ重大な何かを隠している様子だった。

根が素直なのだろう。彼女の心情は、顔によく表れる。彼女の名前の一部である〝雪〟と同じで、真っ白や無垢という言葉がよく似合う女の子だ。

そんな彼女が必死になって隠そうとする事実とは、一体どんなものなのだろう。どれほど彼女は苦しんでいるのか。想像するだけで胸が痛い。

持っていたコーヒーカップをデスクの上に置き、高村に向き直る。

すると、彼は顔を曇《くも》らせて一通の封筒を差し出してきた。

「これは？」

「まずは、ご覧ください。見た方が早いです」

訝《いぶか》しげに思いながらも、封筒の中身を確認する。だが、それを見て「何だ、これは！」と思わず大声を出してしまった。この部屋と美雪が使っているゲストルームは、かなり離れている。大声を出したとしても聞こえないとは思うが、慌てて口を押さえて高村を見た。

「今朝方、会社に届いたそうです。人事部課長である平山くんが、こっそりと私のところに持って来てくれました」

入社式の日。美雪の対応をしたのは、平山だと聞いている。事情を知っているからこそ、彼女のことをとても心配している様子だったと高村からは聞いていた。大事になる前に、そして誰かの目に留まらぬうちにと考えて高村に託したのだろう。

彼は、昔からの友人だ。そして、俺がシャルールドリンクに異動になってからは腹心の部下でもある。

そんな彼に、美雪の一件について内密に探ってもらっていたのだ。

封筒の中に入っていたA5サイズの白い紙を見て、顔を歪《ゆが》める。パソコンで作成したのだろう。内容は美雪に対しての誹謗中傷だった。それも、かなり悪辣《あくらつ》なことが書かれている。

美雪がシャルールドリンクに入社したのではないか、もしくは入社の許可を検討中だとでも思ったのか。明らかに、彼女を再度陥《おとし》いれようとする行為だろう。この内容を平山以外の社員に見られなくてよかった、と胸を撫で下ろす。

しかし、これがもし身内からの仕打ちなら、美雪は今までどんな気持ちで実家にいたのだろうか。

入社式の日、どれほどの絶望感を抱いてあの場に立ち尽くしていたのだろう。考えただけで胸が締めつけられるほどに苦しくなる。

やはり、美雪を家に帰らせる訳にはいかないだろう。彼女の意思を聞かずにこの家に連れ込んでしまったが、あのときの我々の判断は間違っていなかったということだ。湧き上がってきた怒りのままに、手にしていたその胸くそ悪い紙を握りつぶす。

「高村。あの子の家族、身辺を洗い出せ。このままの状況では、彼女の未来が危ういだろう」

「……」

「高村？」

返事がないことに苛立《いらだ》った思いをぶつけて呼んだのだが、なぜか彼はこの場に似つかわしくない笑みを浮かべていた。しかし、目が笑っていない。

「どうした？　高村」

何も言わずに、ただ威圧的な空気を含ませながらニコニコとしている彼を不審に思って見つめていると、ようやく口を開いた。

「あの子、じゃありませんよ？」

「え？　ああ……美雪、さんだな」

「そういうことじゃありません」

「はぁ？」

意味がわからず首を傾《かし》げると、高村はなぜか真剣な面持ちで人の鼻を指差してくる。

「痛い目に遭いますよ？」

「は？」

「彼女は女の子じゃない、女性です。貴方が近年近づけないように、近づかないようにしていた女性です」

「……何が言いたい？」

「女の子だと、子供だと、年が離れた妹みたいだと思っていると、痛い目に遭いますよという忠告です」

真剣な表情の高村を見て、眉を曇《くも》らせる。そして、足を組み替えて彼を見つめた。

「それは、彼女を信用しすぎると、篁の威光に惹かれた女たちと同じようになると言いたいのか？」

俺としては真剣に答えたつもりだ。それなのに、高村は深くため息をつく。

「そんな調子だから、かわいいお嫁さんが来ないんですよ。朴念仁《ぼくねんじん》ですねぇ、恭祐さんは」

「来る訳がない。俺に近づいてくる女は毒牙を仕込んでいることぐらい知っているだろう？　そんな女どもに近づくなんて馬鹿げた行為はしない」

ピシャリと言いのけると、高村はなぜか天井を仰いだ。

「ますます堅物になりましたね。拗《こじ》らせまくっていますよ」

「余計なお世話だ」

「でもまぁ、この高村の言葉、頭の片隅にでも置いておいてください。私の言葉の意味がわかる日が必ず来ます」

「……意味が全くわからないがな」

苦笑すると、彼はなぜか自信満々な様子で目尻を下げている。

「まぁ、その兆候は最初から出ているんですけどね」

「はぁ？」

顔をしかめると、彼は話を切り替えてきた。

「では、すぐさま美雪さんの身辺を調査させることにしましょう。ついでに、社内の方にも」

「ああ、頼む。今回の件に関しては、腑に落ちないことが多い。社内に彼女の家族と繋がっている者がいるかもしれない」

万が一、社内に内通者がいれば、美雪を入社辞退に追い込むのは容易にできるからだ。

社内にそんな人物がいないことを祈るが、念のために調べる必要はある。

平山にも後で連絡をしようと思っていると、高村がからかう口調で聞いてきた。

「必死ですねぇ」

「は？」

「美雪さんが雨でずぶ濡《ぬ》れになる前から、社長は気がついていたのでしょう？　彼女の存在を」

「……」

「彼女が噴水の前にいるのを確認してから、ずっとソワソワしていたことを、近くにいた私は知っていましたよ？」

どこか嬉しそうに話す高村から視線をそらす。この男の罠にまんまと嵌《は》まってしまうと、後々面倒だ。これだから幼い頃から俺を知っている彼は厄介なのである。過去のあれこれを引っ張り出してきて、試してくるのは勘弁してほしい。

彼にあえて冷たい視線を向けて言い切る。

「後味悪い思いをするのはゴメンだったからだ。何時間もうちの会社の前で突っ立っていられたら気味が悪くて気にもなるだろう?」

「ええ、ええ。そうでございますね」

絶対にそんなふうには思っていない受け答えだ。彼は、俺の言葉など本心だとは思っていない様子で受け流してくる。確かに本心ではないので、それ以上は言えない。こんな状態の高村には、昔から勝てた試しがないのだ。

だが、なぜかムキになる自分がいるようで、解せない気持ちで口答えをした。

「とにかく、事が明らかになるまで彼女は匿《かくま》っていた方がいいだろう」

「ええ、それは間違いなく」

高村と同意見だったことで少し溜飲《りゅういん》が下がる。そこで、ふと疑問を抱いた。

「しかし、うちで匿《かくま》う必要はなくはないか? 他の場所でもいいはずだ」

「は?」

ここ近年、希《まれ》に聞く高村の驚いた声だ。何を言い出すのか、と問いかける彼の目を見て、憮然《ぶぜん》として答える。

「高村もわかっているだろう? 俺が女性と一緒にいるのを極端に避けていることを」

先程、そのことについて彼自身がいじってきたのだ。忘れたとは言わせない。

背もたれに身体を預けながら意趣返しをすると、高村はツンと澄ました顔で言い返してくる。

「何かご懸念《けねん》でも？」

「……相手は若い女性で未婚だ。独身男のところにいるのは外聞が悪くないか？」

「悪いも何も。彼女は仕事としてこの屋敷にとどまるのですから。何も言われませんよ。強《し》いて言うとしたら、私は貴方の方が心配ですけどね」

「は？」

「くれぐれも同意のないうちに、彼女に襲いかからないように」

「バ、バカが！　何を言い出した。そんなことになる訳がない！」

慌てて言い切ると、高村は意味深な視線を向けてきた。

「それならよろしいです。ということで、何も問題はなくなりましたね？」

「は？」

「彼女の身の安全、心の安泰が保証される場所は、ここの他にはないということ。恭祐さんも同意いたしましたし。なにより、彼女の貞操は貴方の石のように硬い理性で保てそうですから。何も問題はない。そうでしょう？」

この腹黒ダヌキめ。歯ぎしりをしたくなるが、様々な点を考えても美雪はここに止《とど》まった方がいいだろう。はぁ、とため息をついたあと、彼に同意した。

「わかった。彼女には、ここで家政婦をしてもらおう。その間に、問題解決に向かわなければならないな。頼むぞ、高村」

「もちろんでございます。おじ様は俄然張り切りますよ。かわいらしい美雪さんのためにね」

高村は、すっかり美雪のファンになってしまったようだ。よほど、おじ様と呼ばれて嬉しいのだろう。

部屋を出て行った高村に、小さく呟いた。

「このエロオヤジめ」

悪態をついた俺だったが、なぜか彼が言っていた『同意のないうちに、彼女に襲いかかるな』という言葉が脳裏《のうり》に残り続けている。

バカバカしい、と呟きカップに手を伸ばす。だが、すでにコーヒーは飲み干してしまったあとだ。自棄《やけ》になりつつ、カップを置く。

「襲うか、バカ。相手は二十二歳の小娘だぞ？」

それも亡くなったときの妹と同じ年だ。あり得ない。頭を振ったあと、やり残している仕事に手を付けた。

4

家政婦としてこちらでご厄介になってから、一週間が経とうとしていた。

「美雪さん、今日もお疲れ様。それじゃあ、また明日ね」

「お疲れ様でした！」

寿子さんは夕飯の下ごしらえが終わると、自宅へと帰っていく。それが、彼女の通常の勤務時間だ。

しかし、私が熱でうなされていた三日間だけは、彼女が泊まりがけで看病してくれたらしい。

それを聞いたときは、申し訳なさすぎて平身低頭《へいしんていとう》で謝り倒したものだ。

彼女を見送ったあと、私はおじ様と恭祐さんが帰ってくるまでキッチンで待機しておく。それが毎日の日課となりつつある。

ちなみに、住み込みで働いている私の自室は、担《かつ》ぎ込まれたときに使わせてもらっていたゲストルームだ。

夜になると寿子さんがいなくなることを知った当初は、男性ばかりのお屋敷で寝泊まりしていて大丈夫なのだろうかと心配になった。だが、ゲストルームはきちんと施錠ができる。だから心配いらないとホッとした。しかし、私みたいな子供には色気も何もないので、襲われるなんて心配は皆無。そもそも、そんな心配を抱くこと自体、彼らに失礼だろう。

住み込みか通いかを問わず、この屋敷での家政婦の仕事は朝六時頃からスタートする。

すぐさま朝食の準備。七時には起きてくる男性陣に給仕をしたのち、八時半には彼らを見送る。

そうしたら、この屋敷の中には家政婦である寿子さんと私の二人きりだ。

彼女と片付けを行いつつ、洗濯に取りかかる。そして、メインに使われている部屋などの掃除が始まるのだ。

お昼を食べたあとは、休憩時間で思い思いに過ごしていいことになっている。

寿子さんは、お屋敷のすぐ傍にある自宅へと一度帰宅して、夕飯の支度をするらしい。

その間は、この屋敷に私一人だけとなる。しかし、時間を持て余したことは一度もない。

屋敷には図書室があり何千冊も本が揃っているし、スポーツジム顔負けの設備、お散歩に最適な広大なお庭やシアタールームなどもあり、それらを利用させてもらっているのだが、これらの施設の説明をされたときは唖然《あぜん》としてしまった。大企業の社長ともなると、色々な面で規模が違うらしい。

昼の休憩が終了する十六時頃から洗濯物を取り込み、畳《たた》んでアイロン掛けをしたあと、夕食の準備に取りかかる。

二十時ごろに帰宅するおじ様たちがすぐ食べられるように支度をし、朝食の下ごしらえを済ませたあとに寿子さんは自宅へと帰っていく。

そんな彼女を見送ったあと、私は一人で夕飯を済ませる。

そして、帰宅してきたおじ様たちの食事を温め直して給仕したあと、片付けを済ませて終了という流れだ。

私がいなかった頃は、食事の準備だけしておき、おじ様たちがレンジで温め直して食べていたらしい。

おじ様は会食などもあるため、夜ご飯を外で済ませて帰りが遅い日もある。そんな日は、私だけ夕食を取って一日の仕事は終了だ。遅くなる日は主人たちの出迎えはしなくてもいいと言われている。

休日は、日曜日のみ。とはいえ、ここの家主たちは一週間丸々出張などで出かけてしまうこともあるようで、そんなときは休みを入れてもＯＫなのだとか。

こちらで働かせてもらって改めて思ったことは、こんなに広大なお屋敷の仕事を一人でこなしていた寿子さんは本当にすごいということだ。足元にも及ばないと言うと、彼女は「とんでもない」と謙遜をした後、私を褒めてくれた。

「美雪さんが来てくれて本当に助かっていますよ。お屋敷内も、とても華やかで明るくなったし。お掃除も隅々までできるようになったわ。やっぱり若い女の子がいると違うわね。それに、美雪さんは家事の基本をしっかり習得できている。お任せできるほどよ」

などと言われて、本当に嬉しかった。

家事仕事は誰かに教えてもらったものではなく自己流で、必要に迫られてやっていただけだ。

それでも家政婦のエキスパートである寿子さんからお墨付きをもらい頬が緩《ゆる》む。

どうして今まで彼女一人でこんなに広大なお屋敷を切り盛りしていたのかと不思議だったのだが、おじ様があまり多くの人を屋敷に入れたがらなかったのが理由だとか。だからこそ、即戦力となる私が来てくれて嬉しいと彼女は喜んでくれているのだ。

穏やかな日々を過ごしていると、幸せすぎて逆に不安に陥《おち》ってしまう。昨夜、食事を終えたおじ様と話した内容を思い出し、気分が落ち込んでいく。

入社辞退に関しては今も尚、調査が続いているらしい。未だに犯人は見つかっておらず、今後の私に対する処遇に関しても協議中だという。それを聞いて、とても申し訳ない気持ちになった。

もう終わってしまったこと。私一人のために、シャルールドリンクの方々に時間を割いてもらうのは申し訳ない。だから、もう調査なんてしなくていい。そう伝えたのだが、首を横に振られてしまった。

「今後も、美雪さんのように何者かに妨害されて入社できなくなってしまう人が出てくるかもしれないでしょう？　だから、今回のことをきちんと調査、議論して対策を考えるのは、会社として当然のこと。貴女が気に病む必要はありません。ねぇ、美雪さん。後輩のためにも必要なことでしょう？」

そんなふうに穏やかに、だがキッパリ言われてしまったら「はい」と返事をするしかなくなってしまう。

今後、私のように勝手に辞退届を出されて入社できず、涙を呑《の》む人を増やしたくない。それなら、と渋々納得をしたのだが……

いつになったら、その調査は終わるのだろうか。おじ様の様子からして、私の身の安全が確認できるまでは調査は続きそうだ。会社内での対応についてはしっかりと議論していただきたいと思うが、それと私個人とは別問題である。

そのあたりはシビアに考えてもらいたいところだが、おじ様と恭祐さんは一歩も引こうとはしない。会社での調査が終わるまでは、この屋敷から一歩も出てはいけないと言われている。ストーカーの類《たぐい》が入社を阻《はば》んだ可能性があるから、一人で出かけるのは危険だと判断されたためだ。

ある種、おじ様の読みは正しいのかもしれない。

「やっぱり、おじ様に言った方がいいよね」

携帯を片手に、盛大に息を吐き出す。おじ様たちには言えずにいるのだが、私の入社を阻《はば》んできた人物に心当たりがある。恐らくだが、義兄だ。

父の再婚相手の子供である、秋月幹久《あきづきみきひさ》。二十五歳。義母が社長を務めるデザイン会社勤務で、広告デザイナーをしている。その界隈では有名らしく、色々な賞を取っていて義母のデザイン会社でトップデザイナーとして活躍しているらしい。品行方正で、人当たりがいい。だからこそ、誰しもが彼の虜《とりこ》になる。

それは、私の父も例外ではないし、私自身も最初は彼に嫌悪感を抱くことはなく、ただ素敵な人だなと思っていた。だが、だんだんと複雑な思いを抱くようになる。彼は……以前、私に猛アプローチをかけてきた男性だったからだ。

幹久さんは、私が少し前までバイトをしていたファミレスの常連客だった。何度も顔を合わせるようになり、挨拶やちょっとした世間話をする仲に発展。そして、私が大学三年生の春に彼から告白されたのだ。

だけど、当時の私には男性と付き合うということがピンとこなくて、正直な気持ちを告げてお断りした。貴方が嫌いな訳ではないし、好きな人が居る訳でもない。ただ、今は男性とお付き合いするというイメージができないんです、と伝えたのだ。

一緒に働いていた友人からは「あんなに素敵な人に付き合ってほしいって言われたんだもの。お試しで付き合ってみればいいのに」などと散々言われたが、そんなことはできないと一蹴。幹久さんも「わかったよ」と引き下がってくれたため、それで終わりのはずだった。

しかし、まだ話は終わっていなかったのだ。私と父が住んでいるマンションの隣部屋に彼が引っ越してきたのである。偶然だとはいえ、かなり驚いたものだ。

相手は、自分が振ってしまった男性。顔を合わせるのは気まずい。しかし、幹久さんはそんなことは忘れたように普通に接してきたし、父に対してもごく普通のご近所さん付き合いをしていた。

事態が急変したのは、彼の母――のちに義母が幹久さんの部屋に越して来てからだ。

ご近所付き合いをしていた父と義母だったが、なぜか意気投合。距離が一気に縮まり……そして、私が大学四年の春に再婚を決めたのである。

当人同士は、私と幹久さんの間に何があったのかは知らない。幸せいっぱいの二人に過去のことを知らせて水を差したくなかったので、何も言わずに二人の再婚を祝福することを決めた。幹久さんはそのままマンションで一人暮らしを続けることになっていたし、顔を合わせる機会はあまりないと踏んだためでもある。

それに、彼は義母の息子で間違いはないのだが、籍は彼の父方にあった。この再婚に際しても、特に籍の移動はしないということで、戸籍上で家族になる訳じゃない。だんだんと疎遠になっていくのだろう。そう思ったからだ。

実際、両親が再婚してから幹久さんと顔を合わせる機会はめっきり減った。彼はあのまま同じマンションに住んでいたし、私は両親の家に越したからだ。

来春には大学を卒業して社会人になるし、いい機会だから一人暮らしをしたいと言ったのだが「学生のうちはお父さんと一緒に住もう」と父が強く願ってきたため、新婚家庭にお邪魔する形となってしまった。

平穏無事に暮らしていた矢先の初夏、幹久さんはそれまで一人暮らしをしていたのに、我が家に身を置くようになったのである。理由は、マンション建設が遅れているためだ。なんでも、幹久さんは会社近くに建設予定のマンションを購入する手配が済んでいるのだが、入居できない状況。借りていたマンションの更新を迎えて困っていた彼に、「うちで当分の間、一緒に住めばいいよ」と父が言ったことで、彼はうちに越してきてしまった。

父にしてみたら再婚相手の息子だ。手を差し伸べてあげたくなる気持ちもわからなくはない。だが、冷や汗をかいたのは私だ。まさか、ここに来て同居する羽目になるとは思いもしなかったから。しかし、そんな私に幹久さんは気を遣ってくれていたのだろう。妹として接してくれて、安堵してはいた。

だが、事あるごとに「就職活動なんてする必要ないよ。うちの会社に来ればいいんだから」と義母の会社へと勧誘してくるようになったのだ。

義母もにこやかに「美雪ちゃんみたいなしっかりした子が入ってくれると嬉しいわ。私の秘書とかどう?」などと乗り気で、断るのにとても苦労したのを覚えている。

しかし、すぐにシャルールドリンクの内定をもらい、ようやく話が流れたことに安堵していたのだが……

幹久さんは、諦めていなかったのかもしれない。自身が勤めるデザイン会社への勧誘も、そして……私の恋人の座も。

淡い疑惑が確信に変わったのは、入社式の朝。希望に満ちた気持ちを抱きながら玄関先でパンプスを履いていると、幹久さんが私に声をかけてきたのだ。

「ねぇ、美雪。社会人になったら一人暮らしをしたいって言っているみたいだけど、本気？」

「え？　はい、まぁ」

そういう相談は父にはしていた。この家に居づらくて早く一人暮らしがしたいと思っていたからだ。

義母はとてもいい人で、私のことをかわいがってくれている。しかし、問題は彼女の息子である幹久さんだ。

彼はいずれこの家を出て行く。だが、いつでもこの家に帰ってくることも可能だ。今は兄として接してくれている。直接的なアプローチはなくなっている今、兄として振る舞ってくれればいい。だが、万が一のことだってあり得る。

家族になった今、幹久さんとどうなるつもりもない。いや、家族じゃなかったとしても、彼に恋ができないのではどうなることもないだろう。おかしなことになる前に幹久さんと離れた方がいいし、顔を合わせるたびに居心地の悪い思いをしたくない。それが、一人暮らしがしたいと願っている理由の一つだ。

それに、再婚したばかりの両親には夫婦水入らずの時間を楽しんでほしい。お互い、色々と苦労してきたのだから、今をとにかく楽しんでほしかった。そんな理由もあり、一人暮らしをしようと考えていた。

シャルールドリンクの福利厚生として、住居費負担制度がある。上限が決められてはいるのだが、住居費の半分を負担してくれるのである。それを利用させてもらい、一人暮らしをしようと考えていたのだ。

父からは「社会人になったら許可しよう」と返事をもらっているので、入社して落ち着いたら物件を探そうと思っていたのだが……

どうして、彼がそんな話題を出してきたのだろう。そもそも、この話は父にだけ話していたのに、なぜ幹久さんが知っているのか。彼に信頼を寄せている父が、娘の一人暮らしを憂《うれ》いてしゃべってしまったのかもしれない。

振り返って幹久さんを見ると、そこには今までの品行方正な兄としての顔はなく、一人の男として……いや、雄《おす》としての顔で彼が私を見つめていたのだ。

その様子を見て悪寒《おかん》が走った私に、彼は言った。

「すぐに帰っておいで、美雪」

彼の言葉にいいようもないほどの恐怖を感じたが、それに気がついていないように見せかけて当たり障《さわ》りない挨拶をして早急に家を出る。

家から出たあと振り返ったが、幹久さんが追いかけてくることはなかった。

だが、身の危険を感じたのは事実。今日は一人で家に帰らない方がいい。父とどこかで待ち合わせをしてから帰宅しようと心に決めたのだが……

その後、私を待ち受けていたのは、入社式に出席できないという現実だったのである。

篁邸に運ばれてきた日に父へとメールを送って以降、携帯の電源は落としていた。

昨日勇気を振り絞って電源を入れ、携帯の設定を確認して愕然とする。

シャルールドリンクからのメールは、すべて迷惑メールに振り分けられるように設定し直されていたのだ。迷惑メールフォルダ内のものは自動的に完全消去される。そのため、今までに会社から送られてきたであろうメールは何も残っていない状態だった。

その上、シャルールドリンクからの電話は着信拒否に設定されていたのだ。

これでは、シャルールドリンク側から連絡を寄こしてくれていたとしても、気がつく訳がないだろう。

もちろん、こんな設定に変更した覚えはない。となれば、私の携帯を触るチャンスがあった幹久さんが犯行に及んだと考えてしまうのは仕方ないだろう。

そして、人事部が自宅に送ってくれていた郵便物は、彼の手によって処分されていたとしたら、入社式まで何も気がつかなかったのも納得できる。

しかし、シャルールドリンクには関係のない私個人のプライベートな部分が関わってくるために、おじ様たちに言えずにここまで来てしまった。

もし、今回のことがすべて義兄の仕業だった場合。それが公《おおやけ》になってしまったら、両親が悲しむ。

父は男手一つで私を育ててくれた。仕事と育児で今まで大変だっただろう。幼い頃の私から見ても我儘《わがまま》なんて言ってはいけないと思ったほどだ。

そんな父が掴んだ幸せを手放さなければならないような事態に追い込みたくはない。

私一人が口を噤《つぐ》み、幹久さんの目が届かない場所に行ってしまえば事は済むはず。

そう思う反面、彼から逃げ切ることができるのかという不安が襲ってくる。

仮に、今回の黒幕が幹久さんだったとすると、彼は何も諦めていなかったと裏付けされることになる。入社式の朝、「すぐに帰っておいで」と言ったのは、帰らざるを得ない事態になることがわかっていたからなんじゃないだろうか。

もっとも、黒幕が誰なのかはどうであれ、私はシャルールドリンクに勤めることはできない。もし、何かしらの措置《そち》を施してくれると言われたとしても、辞退するつもりである。私がシャルールドリンクにいたら、誰かが再び何かしでかす可能性があり、会社に迷惑をかけてしまうだろうことが目に見えているからだ。

おじ様たちには、多大なる迷惑をかけた上、助けてもらってきた。これ以上、ご厄介になるのは気が引ける。少しでも恩を返したあとは、速やかにこの屋敷を出て行こう。

それには、働き口が必要だ。居場所を隠しながらの就職活動には骨を折りそうだが、とにかく都内から離れた方がいい。新幹線や飛行機でも時間がかかるような、そんな遠い場所で住み込みの仕事を探そうか。

携帯の電源を入れて求人サイトを閲覧しようと手に取ると、メールがいくつか届いていることに気づく。

イヤな予感がして背筋が凍る。恐る恐るそのメールを開いてみると、それらはすべて幹久さんからのメールだった。

『どこにいるんだ？　美雪。僕は心配しているよ。早く家に帰っておいで。お前の家は、ここなんだから。僕がいつまでも美雪を守ってあげる。心配しなくても怒ったりしないよ？　かわいがってあげるから……早く僕の腕の中においで』

彼からのメールには、すべて「早く戻っておいで」という内容のものばかりが書かれている。一週間経っても家に帰って来ない私にしびれを切らしているようだ。

ゾクリと身体から血の気が引く。この文面からして、彼が私に執着しているのがイヤでもわかる。彼は、私を諦めていない。自分のモノにしようと必死な様子が窺《うかが》える。入社辞退を申し出たのは、やはり彼なのか。そんな疑惑は、より強くなった。

しかし、人事部の平山さんは言っていたはずだ。辞退を申し出るために、会社に電話連絡がきていたと。それを受けた社員の話では、相手は女性だったらしい。そうなると幹久さんの可能性が薄くなるのだが……。彼でなければ一体、誰が私の未来を潰そうとしているのだろうか。

「どうしよう……怖い」

見えない悪意が、怖くて仕方がない。そして、好意も時として悪意に変わるのだということも実感する。

携帯を握りしめ、ギュッと唇を噛みしめた。だが、我慢していた涙はハラハラと頬を伝っていく。泣き声を漏らす訳にはいかなかった。これ以上おじ様たちを心配させたくないし、迷惑をかけることはできない。声を殺して泣きながら、小さく呟く。

「おじ様たちに、少しでも恩を返したいんだから。頑張るしかないよね」

怖くて仕方ないが、今はそれでも与えられた仕事をやるべきだ。これからのことは、追々考えていけばいい。おじ様の厚意で、幹久さんから逃れることができている。本当にありがたいことだ。

できればおじ様や恭祐さんの耳に、彼のことは入れたくはない。これ以上私のプライベートのことを耳にしてしまったら、優しい二人のことだ、なんとかしてくれようとするだろう。だが、それはさすがに申し訳ない。社内での調査が終了したら、この屋敷を出て行く。その決意は揺るがない。

私のために、優しい人たちが危害を加えられたらと思うと、不安で胸が苦しくなる。だからこそ、私は早急にここから出て行くべきなのだ。

しかし、今はとにかく与えられた仕事をこなすのみ。

「うん、がんばろう」

グイッと腕で目に溜まっている涙を拭《ぬぐ》った。


(やっぱり心配かけちゃってているのかなぁ)

義兄である幹久さんからのメールを見てしまってから、三日が経つ。彼からのメールを見たあと、すぐにメールと着信の拒否設定をした。だが、未だにあの時の恐怖が襲ってきて、気分が落ち込む一方だ。

気落ちしている素振りを見せないように努力しているのだが、その努力も空しくこの屋敷にいる人たちにはバレバレの様子である。おじ様にも寿子さんにも、かなり心配をかけているようだ。

今朝なんか『美雪さん。今日は家政婦の仕事は休んだ方がいいんじゃないかな？　ああ、そうだ！　うちのシアタールームに最新作のラブコメディのＤＶＤを入れておいたから。息抜きに観たらどうでしょう？』なんて、おじ様から心配そうな顔で言われてしまった。

寿子さんには『外出は許可できませんけど、三時の休憩時にはお外でお花見でもしましょうか。藤の花が見事なんですよ』と、お抹茶まで点《た》てていただいてしまったのだ。

そして、それは恭祐さんも例外ではない。いつもクールで気難しい顔をこちらに向けている彼だが、私をとても心配してくれているのがヒシヒシと伝わってくる。

出勤時、私にチラチラと視線を送ってくるのだ。私に変わった様子はないか、確認をしているみたいである。

それは帰宅時も同じで、何か話しかけられる訳ではないのだが、気に掛けてくれていることに気がついていた。そんな彼を見て、おじ様が肩を震わせて笑うのを我慢している。それは、ここ最近いつも繰り広げられている光景である。

恭祐さんは、不器用な人だとは思う。だが、とても優しい人だ。彼の目を見ていればわかるし、ここ最近は少しずつ近づいて話しかけてくれるようになったので、より彼のよさがわかるようになった。少しずつ恭祐さんのことを知っていく。それが、ここ最近の楽しみのひとつだ。

夕食後、キッチンで片付けをし終えて手を拭《ふ》いていると、恭祐さんが一人でやってきた。扉が開いているにもかかわらず、ノックをしてくる。こういうところが紳士で大人だな、と思う。

はい、と返事をして振り返ると、彼はキッチンに入ってきた。

「仕事は終わったか？」

「はい。えっと、何かご用ですか？　あ、そうだ。温かいお茶でも淹れましょうか？」

こんなふうに彼と二人きりで話すのは、考えてみれば初めてのことだ。だからこそ、慌てふためいてしまう。

テンパっている私を見て、彼が小さく笑った。

「っ！」

その笑顔は屈託なくて、ドキンと胸が大きく高鳴ってしまう。こんなふうに力が抜けた彼の表情を初めて見た気がする。

直視できなくて慌てて視線をそらすと、恭祐さんに命令口調で言われた。

「手を出しなさい」

「え？」

「手を出しなさいと言っている」

「あ、はい。えっと、手、ですね？」

ドキドキしすぎて何も考えられなかったので、彼の言う通りに両手を差し出す。

どうしたのか、と不安がっていると、彼は手のひらに何かを乗せてきた。

「え？」

そこには、小さな箱が一つ。その中には、六つほどのトリュフが入っている。箱を見ると、私でも知っているチョコレートで有名な某高級菓子店の名前が刻印されていた。一粒いくらなんだろう、と下世話なことを考えてしまうほど、高級なチョコレートだ。

「私にですか？」

「そうだ」

これを、彼は百貨店に行って買ってきてくれたのだろうか。チョコレートが大好きなので、思わず目を輝かせてしまう。

「いただいてもいいんですか？」

ドキドキしながら聞くと、彼はぶっきらぼうに頷いた。

「もちろんだ。この家で甘い物が好きなのは、君だけだろう？」

その通りだ。おじ様、そして寿子さんも辛党である。すでに寿子さんは仕事を終えて帰宅してしまったし、おじ様はお風呂へ行くと言っていた。

今、このキッチンには私と恭祐さんの二人きりだ。

異性と二人きり、そんなシチュエーションになったことなどなく緊張してしまう。

心が高揚しながらも、手のひらにあるチョコレートを見つめる。とにかく、彼からの気持ちが嬉しかった。

私がここ最近塞《ふさ》ぎがちだということを知っていたからこそ、こうしてチョコレートを買ってきてくれたのだろうか。胸の辺りがほんわりと温かくなり、同時にドキドキする。こんな胸の高鳴りを覚えたのは、今までに一度もない。

「嬉しいです。ありがとうございます！」

素直に気持ちを伝えると、なぜか恭祐さんは目を見開いた。そして、ゆっくりとほほ笑んでくれたのだ。こんな笑みを浮かべてくれるなんて思ってもいなかった。だからこそ、嬉しくて堪《たま》らない。

彼は出会った頃、私に対して仏頂面だった。顔を合わせる回数が増えるにつれて態度も軟化してきていたが、こんなふうに穏やかで優しげにほほ笑んでくれたのは初めてなはず。

すっかり心が高揚していた私は、そのチョコレートの箱をキュッと抱きしめた。

「すっごく嬉しいです」

ここ最近の憂《うれ》いが晴れた気がする。問題は未だに解決されていないが、それでも心が躍るようにウキウキしたのは久しぶりだ。

彼に視線を向けると、なぜか顔を背《そむ》けていた。

「恭祐さん？」

「い、いや……。なんでもない」

所在なさげな様子の手で頭に触れながら、「それじゃあ、早く休みなさい」と無骨に言ったあとキッチンを出て行こうとする。

なんだかもう少し一緒にいたいと願った私は、思わず彼の背中に声をかけていた。

「あの、恭祐さん！　待ってください」

「え？」

引き留められるとは思っていなかったのだろう。不意を突かれた様子で、彼は動きを止めた。

恭祐さんに駆け寄り、彼からもらったチョコレートの箱を差し出す。

「一緒に食べませんか？　紅茶淹れますよ」

「……いや。それは君にあげたものだから」

「はい、もちろん私もいただきます。でも、ここのチョコレート、とっても美味しいって聞いたことがありますよ。私一人で食べるのは勿体ないじゃないですか！」

「……」

「美味しいものは、誰かと一緒に食べたいです！　恭祐さんは、いかがですか？」

私を気に掛けてくれたこと、わざわざチョコレートを買ってきてプレゼントしてくれたこと、そして笑顔を見せてくれたこと。すべてが嬉しかった。

以前の彼なら、絶対にこんなふうに声をかけてくれなかっただろう。ウキウキした気持ちで誘ったのはいいのだが、目の前で困惑気味の彼を見て我に返る。無理強いをしてしまっていたようだ。

「スミマセン、お疲れですよね」

また今度にいたしましょうか、と言って終わりにしようとする。

穴があったら入りたい気持ちで彼を見上げると、なぜかキッチンへと戻ってきたのだ。

「え？」

「紅茶を淹れてくれるのだろう？」

「あ……！」

「美味しい紅茶を淹れてくれ」

キッチンには、家政婦が休憩するための小さなダイニングテーブルがある。

その椅子に腰掛けると、彼は優しい目でこちらを見つめてきた。

一際高鳴る胸の鼓動に気がつきながらも、私の願いに応えてくれたことが嬉しくて大きく頷く。

「はい！　紅茶の淹れ方は、寿子さんにみっちり仕込んでいただきましたから。大丈夫だと思います」

ケトルに水を入れながら言うと、彼は静かに笑う。

「それは楽しみだ。寿子さん直伝なら、間違いないな」

「はいっ！」

彼の声が、とても優しい。出会った頃と比べたら、雲泥《うんでい》の差だ。

私の手元に、彼からの視線が集まっていることに気がつく。緊張して失敗しそうになると、「大丈夫か？　熱湯だから気をつけろよ」と声をかけてくれる。

茶葉を入れたポットに熱湯を注ぎ入れたあと、蒸らす時間が妙に長く感じられた。

無言のまま、ただ時間が流れていく。セットした砂時計のサラサラとした砂が落ちる音が微かに聞こえるぐらい、静寂に包まれている。

すると、二人きりでいることを無性に意識してしまい、胸の鼓動が速まってしまう。

チラリと目の前に座る恭祐さんを見つめる。どこか余裕そうに見えるのが、なんだか悔しい。

相手は大人の男性で、色々な女性ともお付き合いをしてきたことだろう。大学を卒業したばかりの年端《としは》のいかない、女の色気など皆無な私が目の前にいたとしてもなんとも思わないはず。

一人でドキドキしているのが、なんだか悔しくて切ない。どうしてそんなことを思うのか。不思議に思っていると、恭祐さんから声がかかった。

「砂時計が止まったようだが？」

「あ、本当ですね」

ハッとして我に返った私は、取り繕《つくろ》うように彼にほほ笑んでみせる。彼が一瞬怪訝《けげん》な表情を浮かべたことに気がついたが、それを無視してカップに入れていたお湯を捨てて紅茶を注いだ。フワリと茶葉のフレッシュな香りが鼻腔を擽《くすぐ》る。色を見て、ホッと胸を撫で下ろした。上手に淹れることができただろう。

恭祐さんにプレゼントしてもらったチョコレートの箱を開き、彼に差し出そうとする。だが、それを彼に止められてしまった。

「君にあげたものだ。プレゼントされた人間が先に食べるのは礼儀だぞ」

「あ……！　そうですよね」

彼の言う通りだ。小さく頷いたあと、トリュフを指で摘《つ》まむ。そして、それを口に運んだ。

「ん、ん――！」

口の中に入れた瞬間。口内の熱でトロリと蕩《とろ》ける。濃厚なガナッシュが舌の上を躍り、香り高きカカオの香《かぐわ》しい風味が鼻を抜けた。少しだけブランデーの香りもし、大人なチョコレートといった感じだ。

思わず目尻が下がってしまう。声にならない感嘆を漏らしていると、彼は声を出して笑った。

「はは、頬が落っこちてしまうって顔だな」

「……っ！」

彼は嬉しそうに頬を綻《ほころ》ばせる。だが、目を見開き驚きに満ちている私を見て、首を傾《かし》げた。

「どうした？　まずかったか？」

「……」

「君の口に合わなかっただろうか？」

心配している様子の彼に、首を横に振る。そうじゃない。何度も首を横に振りながらも嬉しさを噛みしめた。口の中にあるチョコの美味しさが一気に吹っ飛んでしまうほどの衝撃だ。

「……笑った」

「は？」

「今、恭祐さん。笑いましたよね？　ははって」

今までのトゲトゲしさがなくなった頃から、期待していた。少しずつ心の距離が近づいているのかも、信頼し始めてくれたのかも、と。

だが、今夜にいたっては、彼の新しい一面をたくさん見せてもらっている。それが、なにより嬉しかった。

はしゃぐ私に、彼はばつが悪そうな表情を浮かべる。

「俺だって笑うときは、笑う。人を化け物か何かと間違えていないか？」

拗ねる様子も、私にとっては目新しい。だが、これ以上指摘したら彼のことだ。臍《へそ》を曲げてしまう可能性がある。笑ってごまかし、恭祐さんにチョコレートを勧《すす》めた。

「すっごく美味しかったです。恭祐さんも食べてみてください」

「ああ」

「ここのチョコレート。一度食べてみたいなぁって思っていたんですけど、なかなか機会がなくて。プレゼントしていただけて嬉しかったです」

「……」

「恭祐さん？」

チョコレートに手を伸ばそうとしていた彼だったが、なぜかチョコレートを摘《つ》まむ前に手が止まってしまった。どうしたのかと名前を呼んだのだが、彼のその指がなぜか私の方へと近づいてくる。

「え？」

驚いて声を出した瞬間、口元に彼の指が触れた。目を見開いて驚いていると、ゆっくりと指は離れていく。

何が起きたのかわからずに呆然としていると、彼は自分の指を見せてきた。そこには、ココアパウダーがたっぷりついている。

「口元にたくさんついていたぞ」

「え？　え？」

「美味しいのはわかったから、ゆっくり味わって食べろ。美雪」

「っ！」

ここにきて、一気に彼との距離が縮まった気がする。反則技の数々に、私の頭の中はパニック寸前だ。

口元を触れられたことにもドキドキしたが、なにより今まで私のことを「君」と呼んでいた彼が、美雪と名前を呼んでくれた。それがとても嬉しくて、涙が零れてしまいそうだ。

しかし、その涙は驚きのあまり引っ込んでしまう。

「あ！」

私の口元にたっぷりついていたココアパウダーを拭《ぬぐ》った恭祐さんの指先が、彼の口の中へと入っていったのだ。思わず声を上げると、彼はキョトンとした目で見つめてくる。

「どうした？　美雪」

「えっと、あの……」

しどろもどろな私を見て、何を勘違いしたのか。恭祐さんはクスクスと笑いながら、紅茶のカップを手にした。

「安心しろ。君のチョコレートを取ったりしないから。ゆっくり味わって食べなさい」

そうじゃないんです！　と訴えようと思ったが、ゆったりと紅茶を飲んでいる彼を見て毒気が抜かれてしまう。盛大にため息をつきたくなったが、それをグッと堪《こら》える。

「ありがとう、ございます……」

「ああ、気に入ったのなら、また買ってきてやるから」

「……はい」

涼しい顔で紅茶を飲む恭祐さんには、ドキドキしてときめいている私の気持ちなどわかっていないのだろう。それがなんだか悔しくもあり、嬉しく思う自分はどうかしている。

私は、少しだけ冷めてしまった紅茶を啜《すす》ったのだった。

5

（どんな顔をして会えばいいんだろう……）

昨夜、恭祐さんと二人きりで過ごした。

時間にして、三十分ぐらいだろうか。それだけと言えばそれだけなのだが、男性に対して積極的に声をかけるタイプではない私が、自ら彼に「一緒にお茶しましょう」などと誘った事実が未だに信じられずにいる。

嬉しかったのだ。少しずつだが、彼との距離が縮まっていることが。

彼は私に対して壁を作っていて、近寄りがたい雰囲気を常に醸《かも》し出していた。だからこそ、こちらとしても彼に近づくときは必要以上に緊張し、怯えてもいたのだ。しかし、それが悪循環になっていたのだと、昨夜悟った。

恭祐さんは私が一緒にお茶したいとお願いしたことに難色を浮かべるどころか、一緒にお茶を楽しんでくれたのである。私が怯えず、笑顔で彼と対峙《たいじ》したからなのだろう。こちらが臆せずに笑顔で接していると、彼も笑顔を向けてくれた。それも、声を上げて笑ってくれたのだ。笑顔を見ることも初めてだったのに、まさか声を出して笑ってくれるなんて。仏頂面しか見たことがなかったので、笑顔の威力がすごかった。

元々イケメンな恭祐さんの笑みだ。それを至近距離で見つめてしまい、私の心臓は壊れてしまうんじゃないかと思うほどドキドキしてしまった。

心臓に負荷をかけたのは、その出来事だけじゃない。そのあとの行動が、私をより悶絶《もんぜつ》させたのである。

(まさか、指についたココアパウダーを自分の口に運んでしまうなんて。想像もしていなかったです、恭祐さん)

その流れるような仕草がまた大人の色気を醸《かも》し出していて、ジッと見入ってしまったほどだ。

私が作っていた〝高村恭祐〟という男性のイメージを一気に覆されてしまった。

あれだけ私に対して壁を作っていた人である。近づいてくるのはおろか、触れてくるなんて思わなかった。それなのに、その一連の動作をなんでもないようにするのである。男性に免疫など全くない私にしてみたら、パニックを起こしても仕方がない出来事だ。

しかし、恭祐さんはそのあと顔色など一切変えず、リラックスした様子で私が淹れた紅茶を飲んでいた。一緒にお茶を楽しんでくれたのはすごく嬉しかったが、なんだか複雑な気持ちにもなる。

私一人だけ焦っていることが、滑稽《こっけい》に感じられたからだ。

彼にしてみたら、亡くなられた妹さんと同じような感覚で私を見ているのだろう。

だからこそ、雨でずぶ濡《ぬ》れになった私を助けてくれたのだし、昨夜もなんの戸惑いもなく私に触れたはずだ。

勘違いしてはいけない。彼はただ、不憫《ふびん》な女の子を労《ねぎら》ってくれただけ。他意はないのだ。

わかっているのに、期待している自分がいる。もっと恭祐さんと近づきたい。もっともっと、笑顔を向けてほしい。もっと――

そんなふうに願う時点で、すでに戻れない場所まで気持ちが彼に向いているのだと証明しているようなものだ。

(恭祐さんのこと、もっと知りたい……)

男性に対してこんな気持ちになったことなどなかった。もしかしたら、遅すぎる初恋かもしれない。

「恭祐さんに、恋……しちゃったの？」

自分の気持ちを自覚してしまった今、心は貪欲に彼の近くにいたいと願ってしまう。

そんなことは無理だとわかっているのに、好きという気持ちはどんどん加速してしまっているように感じた。


今日は金曜日だ。

明日、明後日、おじ様たちからは今のところ仕事に出かけるとは聞いていない。恐らく、のんびりとした土日を過ごすことになるのだろう。

家政婦としても主人たちが家にいる以上、バタバタできないため土曜日は食事の支度のみとなる。

今日一日乗り切れば、週末はまったりとした時間を過ごせるはずだ。

両頬を手で叩いて気合いを入れたあと、朝食の準備に取りかかるためにキッチンへと急ぐ。

そこに寿子さんがやってきて、急ピッチで朝食の支度を終わらせてダイニングへと運ぶ。

部屋に入ると、新聞を読んでいる恭祐さんが視界に入った。

ドキンと心臓が高鳴り、持っていた茶碗を落としそうになってしまう。

「ああっ！」

しかし、すんでのところでその茶碗と私の手を、恭祐さんの大きな手が包み込んで落ちるのを阻止してくれた。ご飯が入った茶碗を落とさずに済み、ホッとする。

だが、未だに私の手は彼の手に包まれていて、違う意味で心臓によろしくない。

「大丈夫か、美雪」

「えっと、はい。ありがとう、ございます」

茶碗を私から受け取ると、彼は顔を覗き込んできた。思わず仰《の》け反《ぞ》ろうとする私に、より顔を近づけてくる。

「どうした？　体調でも悪いのか？」

「いえいえ、大丈夫です！」

昨夜一緒にお茶を飲んで心の距離が縮まったせいか。恭祐さんの態度が一変している。

仏頂面がデフォルトだったはずなのに、どうしてそんなに表情豊かになったのか。

私個人としてはとても嬉しいが、ドキドキさせられすぎて平常心でいられる自信がなくなる。

慌てて首を横に振って引き攣《つ》った笑みを浮かべると、彼は不安そうな表情で言う。

「もし、どこか具合が悪いようなら、今日は仕事を寿子さんにお願いして病院に行った方がいい」

「とんでもないです。本当に大丈夫ですから！」

顔が熱い。こんなにキレイな顔が近くにあったら、誰だって熱が出たように顔が赤らんでしまうだろう。

しかし、本人を目の前にしてそんなことを言えるはずない。大丈夫だと必死に訴えるのに、ますます彼の顔は険しくなっていく。

「美雪に任せておいたら、病院に行きそうにもないな」

「え？」

「俺が連れて行こうか」

「それこそ、とんでもない！　ただ、椅子に躓《つまず》いただけなんですから」

「……」

「私がドジだからいけなかっただけです。スミマセン」

ようやく理由がわかったからか。恭祐さんは、私から離れてくれた。安堵しすぎてその場にしゃがみ込みたくなってしまう。

彼に見つからないように息を吐き出していると、小さく笑われた。

「昨夜のチョコレート。少しブランデーが入っているようだったな。あれで酔ってしまったか？」

「違いますよ！　ウィスキーボンボンみたいにたっぷり入っていた訳じゃないんですから。それに、あれから何時間経ったとお思いですか？　大丈夫です」

恭祐さんがプレゼントしてくれたトリュフには、香り付け程度にブランデーが入っていた。

しかし、さすがにあれだけで酔っ払いになったりはしない。

「私、こう見えてお酒には強いんです」

「ほぉ、人は見かけによらないものだな」

「……どういう意味ですか？」

子供っぽいという意味なのだろう。揶揄《からか》われたことでムッとするより早く、胸の奥がツキンと痛んだ。

子供扱いされている。元より、彼から見れば私は女の子であり、女性ではないのだと痛感させられた。

フイッ、とそっぽを向いて恭祐さんから離れようとしたのだが、彼に手首を掴まれる。

驚いて振り返ると、焦った様子の彼が腰を上げていた。

「悪い」

「え？」

「気を悪くしたのなら、謝る」

「えっと……え？」

恭祐さんが、どうしてこんなに慌てているのかわからない。

戸惑い気味に彼を見つめていると、懇願するような目を向けられた。

「こんなに華奢《きゃしゃ》で折れてしまいそうなほどなのに、豪快に酒を呑《の》むイメージが湧かなくて。申し訳ない」

必死に謝ってくる彼に驚いたが、この状況が居たたまれない。おじ様と寿子さんがニマニマしながら見つめていることに気がついたからだ。

先程からずっと、この部屋でのやり取りをすべて彼らに見られてしまっているはずである。私は逃げ出したくなっているのに、どうやら恭祐さんはこの状況を把握できていないようだ。

顔に熱が集まるのを感じながら、首を横に振る。

「大丈夫です。気を悪くしていません」

「本当か？」

「はい！」

自棄《やけ》気味に返事をすると、彼はふにゃりと表情を和《やわ》らげた。ドキッとするほどキレイな笑みに、私の顔は一段と熱くなる。

「どうした？　美雪。やっぱり体調が悪いんじゃないのか？」

今度はおでこに手を当てようとしてくる彼から飛び退《の》き、必死に首を横に振った。

「大丈夫です。えっと、あの……そう、お茶！　お茶を持ってきます！」

「美雪？」

彼の心配そうな声が聞こえたが、これ以上は無理だ。慌ててキッチンへと戻り、壁に手を突いてうなだれる。

「無自覚イケメンって、たちが悪すぎます……」

心臓の音が未だに落ち着かず、彼らの食事が終わるまでダイニングルームへ足を運ぶことができなかった。

八時半となり、おじ様と恭祐さんが出社の準備をし始める。彼らを見送るために私も玄関へと向かったのだが、依然恭祐さんは私を心配しているようだ。この状況を見て、おじ様が助け船を出してくれる。

「大丈夫ですよ、恭祐さん。美雪さんは元気そのものです。頬が赤いのは血色がいい証拠。元気な証拠です」

「そんなものだろうか……」

未だに納得できていない様子の恭祐さんに、おじ様はニヤリとなぜか私を見て笑った。

「誰かさんのせいで赤くなっているだけですから。心配いりませんよ。ねぇ、美雪さん」

「っ！」

何もかもお見通しといった表情のおじ様を見て、慌てて視線をそらす。

紳士でロマンスグレーなおじ様だが、存外に人を揶揄《からか》って遊ぶのが好きみたいだ。

この前は恭祐さんをいじって遊んでいたようだし、今度はその矛先を私に向けてきたのだろう。

全くもって、居たたまれない。

恭祐さんからの視線を感じるものの顔を上げることができず、指をいじってモジモジしてしまう。

「さぁ、行きますよ。大丈夫、美雪さんには家政婦のエキスパートであり、育児経験豊富な寿子さんがついているんですから」

そう言っておじ様がなんとかいなしてくれたので、恭祐さんは渋々といった様子で玄関を出て行く。その後ろ姿を見て、安堵で身体から力が抜けそうだ。

朝から心身ともに疲れてしまった。しかし、未だに胸の高鳴りは抑えきれない。

自分の心情が忙《せわ》しなくて困り果てていると、寿子さんは「いいわねぇ」と暢気《のんき》な声で言った。

「今朝の貴方たちを見て、ドキドキしちゃいましたよ。若かりし頃を思い出します」

「寿子さん！」

「甘酸っぱいやり取りに、胸がキュンキュンしてしまって。恋愛映画でも観ているような気分になりましたよ」

「揶揄《からか》わないでくださいよ」

肩を下げて困りきっていると、寿子さんはフフッと楽しげに笑う。

「でもね、美雪さん。あんな恭祐さんを久しぶりに見ましたよ、私は」

「え？」

驚く私に、彼女はもの悲しそうな笑みを浮かべる。

「元々不器用で仏頂面な人ですけど……。ほら、美雪さんも最初は怖がっていたでしょ？」

その通りだ。小さく頷いて同意すると、彼女は昔を思い浮かべるように窓から見える空を見つめた。

「それでも織絵さんが亡くなる前までは、今ほど感情を無にしていることはなかったんですよ」

「そうなんですね」

「ええ。ずっと心を閉ざしていたのに、美雪さんが来てから少しずつ昔の恭祐さんが戻ってきたみたいで嬉しいんですよ、私は」

「彼には美雪さんとの出会いは必然であり、運命だったのかもしれないですね」

「寿子さん」

私がいることで彼の古傷が癒えてくれているのなら、こんなに嬉しいことはない。

しんみりとした空気が流れたことで黙りこくると、寿子さんが「さぁ、仕事に取りかかりましょう」とはつらつな声を出して促《うなが》してきた。

「はい」

今日も一日頑張ろう。ヨシッと気合いを入れた私の耳に、着信音が届く。

「あら、誰かしら？」

どうやら寿子さんの携帯に電話がかかってきたようだ。

エプロンから携帯を取り出して、その電話に出る。だが、すぐさま彼女の顔色が青ざめていく。

「寿子さん？」

携帯を握りしめて、電話口の相手に「はい……はい」と返事をしている。

だが、返事をするたびに彼女の顔色がますます悪くなっていくのが心配だ。

ようやく電話を終えた寿子さんだったが、泣きそうな顔でこちらを見てきた。

「どうしたんですか？　寿子さん」

ガタガタと震えている彼女の肩を抱きしめると、小さく息を吐いたあとに口を動かした。

「今、主人の会社から電話があって」

「ご主人、ですか？」

寿子さんのご主人は七十歳を超えているが、今も現役の大工の棟梁《とうりょう》としてバリバリ働いていると聞いている。その元気いっぱいだという彼女のご主人が一体どうしたのか。

不安げに顔を曇《くも》らせている寿子さんに聞くと、どうやら仕事中に足場から落ちてしまったという。

幸い生死を彷徨《さまよ》う大事故という訳ではなかったようだが、寿子さんのご主人は足を骨折して病院に担《かつ》ぎ込まれたらしい。

全治三ヶ月で、ひと月ほどは入院を余儀《よぎ》なくされるだろうと同僚が連絡をしてきてくれたようだ。

身動きが取れないご主人のために入院準備などもせねばならないし、ケアも必要となるだろう。

なにより、ご主人の傍にいてあげたいはずだ。だけど――

「ここの仕事を休む訳にもいかないし……」

病院での入院はひと月。だが、そのあとは自宅療養に入ることになるだろう。

しかし、うまく動けないご主人を一人にしておく訳にもいかない。となれば、最低でもふた月は傍で看病したいはずだ。

寿子さんの子供たちはすでに独立しているが、遠方に住んでいるので手伝いを願うことはできない。そうなると寿子さんが付きっきりで看病することになるが、その期間屋敷を空けるのは気が引けると言う。

困り果てている彼女に、私は「大丈夫ですよ」と声をかけた。

「私が居ますから、大丈夫です。仕事内容は頭に入っていますし、寿子さんほど立派に務められないかもしれませんが、猫の手ぐらいにはなります」

「猫の手なんてとんでもない！　美雪さんは立派な戦力ですよ」

「それなら、寿子さんが心配することはありません。私に任せてください！」

「でも……」

「おじ様なら、寿子さんの状況を聞けば理解してくれると思います。こちらは心配いりません。ご主人のところに行ってあげてください」

「美雪さん……！」

半泣き状態の寿子さんを勇気づけ、私はすぐさまタクシーを呼んで彼女を乗せた。

「旦那様には、連絡をしておきます。スミマセンが、後は頼みます」

「もちろんです。心配いりません。寿子さんが帰ってくるまで、私頑張りますから」

グッと力こぶを見せると、寿子さんはようやく笑ってくれた。そのことに、ホッと胸を撫で下ろす。

彼女を見送ったあと、私は毎日のルーティーンに取り組む。みっちり鍛えてもらっていたため、仕事内容で困ることはなかった。寿子さんに感謝だ。

おじ様より、今日は会食もなく、夜には帰宅する旨の連絡が来た。いつも通り、夜八時過ぎ頃には二人揃って帰ってくるはずだ。

夕飯の準備を済ませたので先にいただこうと用意し始めたとき、インターフォンのブザーが鳴る。

今はまだ七時前。いつもより早い帰宅だ。

エプロン姿のまま玄関に行くと、そこには恭祐さんの姿が。しかし、おじ様が見当たらない。

不思議に思いつつも、彼に声をかける。

「おかえりなさい、恭祐さん」

「ただいま。そういえば、体調はどうだ？」

今朝のことを言っているのだろう。苦笑しつつ、大丈夫だと笑ってみせた。

「心配いりません。それより、あの……おじ様は？」

いつもなら、恭祐さんとおじ様は一緒に帰ってくるはずだ。もしかして、今夜はおじ様だけあとで帰ってくるのだろうか。不思議に思って問いかけると、彼は首を横に振る。

「……とりあえず、土日は帰って来ないと思う」

「え……？」

「たかむ……社長には、一人娘がいるんだが」

「あぁ、はい」

それは、おじ様からも聞いている。よく、彼の娘とその孫たちの写真を携帯で見せてもらっていたからだ。妻は早くに亡くなってしまって寂しいが、その心の穴を娘と孫たちが埋めてくれている。

彼はそう言って目尻に皺を寄せていた。コクコクと頷くと、恭祐さんは肩を竦《すく》める。

「なんでも、娘が風邪を引いてしまったらしい。だが、娘の夫は出張で家を空けているとかで、子供たちの面倒を見るのが大変な状況になったようだ」

「なるほど。それで、おじ様はピンチヒッターとして娘さんのところに向かったということですね」

「そういうことだ」

彼はネクタイを緩《ゆる》めたあと、ジャケットを脱いだ。フワリとコロンの香りがして、大人の男性を意識してしまう。

恭祐さんは、このあと手洗いを済ませてダイニングルームへと行き夕食を取る。それが、いつもの流れだ。あとに続いて廊下を歩いていると、ダイニングルームの手前にあるキッチンを前にして彼は立ち止まった。

「恭祐さん？　どうかされましたか？」

テーブルの上に置かれた私が食べようとしていた夕飯を見ているようだ。

「美雪は、夕飯の最中だったか？」

「あ、はい。ちょうど今からいただこうかと思っていたところです」

「そうか。いつもより帰宅時間が早かったからな。悪かったな」

「いえ、大丈夫です。今から食事の準備をしますね」

恭祐さんの横を通り過ぎ、キッチンの中に入っていこうとすると彼が止めてくる。

「それなら、一緒に食べよう」

「え？」

「今日は、……社長は、いないし。一緒に食べないか？」

まさか、そんな申し出があるとは思わずビックリしていると、彼はもっと驚かせることを言い出す。

「社長とも話していたんだが、美雪もこれから俺たちと一緒に食事を取らないか？」

「え？」

目を瞬《またた》かせている私に気がつかず、彼はテーブルに用意されていた私の夕飯を見て、顎《あご》に手を置いて考え込んでいる。

「声をかけなかったのは、我々が仕事で遅くなったとき、美雪を待たせることになるかもしれないと懸念《けねん》して言い出せなかっただけだ」

「恭祐さん？」

「こうして早く帰ってくるときや、休日は、一緒に食べないか？」

無理にとは言わない、となぜか慌てる彼に、嬉々として頷いた。

「はい。嬉しいです」

満面の笑みを浮かべると、なぜか彼は口ごもる。だが、すぐに視線をそらした。

「いや、でも……雇い主と一緒では気を遣うかも。イヤだったら、イヤと言ってくれれば」

「イヤじゃありません。一人だと寂しいな、って思っていたので」

「そ、そうか……それならいいんだが。ああ、もちろん、七時を過ぎて帰って来ない場合は先に食べてくれ」

「わかりました」

大きく頷いている私を残し、恭祐さんは足早《あしばや》にキッチンを出て行く。その大きな背中は、どこか恥ずかしそうにも見えて嬉しくなって笑ってしまう。

また一つ、彼から優しさをもらった。不器用ながらも、私を気遣ってくれる。それが、とても嬉しい。ますます好きになってしまいそうだ。

鼻歌交じりで準備をし、二人分の夕食をダイニングルームに配膳した。

「いただきます」

手を合わせて二人で取る夕食。シンと静まり返る部屋には、会話がない。私は、なんとなく意識してしまって話しかけることができないでいた。

一方の恭祐さんだが、こちらもいつもとは違う様子に見える。恐らく、お互いのクッション役であるおじ様がいないからだろう。いつもならここにおじ様がいるので話を振ってくれるのだが、その彼が今はいない。そのため、ただ黙々とご飯を食べることになる。

なんとなく沈黙に耐えきれなくなった私は、寿子さんのことを話題にあげた。

「えっと……。寿子さんのご主人、大丈夫でしょうか？　その後、何かお聞きになっていませんか？」

「え？　寿子さん？」

どうして寿子さんの話題を、と顔が物語っている彼を見て首を傾《かし》げる。

「今朝、寿子さんのご主人が仕事中に怪我をしてしまったらしくて。全治三ヶ月らしいですよ？」

「全治三ヶ月」

唖然《あぜん》としたままの彼を見て、なんとなく嫌な予感を覚える。探りを入れるような口調で続けた。

「それで、恭祐さんたちがお仕事に出かけたすぐあとに病院に行かれたんです。寿子さんから連絡はないですか？」

「……」

「寿子さん、仕事を当分の間お休みさせていただきたいって、あとでおじ様に連絡するって言っていましたけど……。恭祐さん、聞いていませんか？」

私の顔を無表情で見つめたあと、彼は携帯を取り出してどこかに電話をかけ始めた。

「どういうこと――」

始めは強い口調で電話口の相手に話しかけた恭祐さんだったが、なぜかハッとした顔をして私を見る。そして、そのあとは慌てて口調を和《やわ》らげた。

「どういうことですか？　社長。寿子さんのこと、何か聞いていませんか？」

おじ様に電話を掛けているようだ。何やら会話をしているのだが、だんだんと彼の表情が険しくなる。

「待ってください、社長！　あ、切られた」

苛立《いらだ》った様子で通話を切った彼に、声をかけた。

「どうか、されましたか？　おじ様はなんて？」

「あ、ああ。大丈夫だ。社長の方に寿子さんから連絡があったらしい」

「でも、なんだか強い口調だったから」

久しぶりに厳しい顔の恭祐さんを見たからだろうか。緊張で顔がこわばってしまう。

そんな私の心情に気がついたのだろう。彼は、小さく息を吐いたあと、平静を取り繕《つくろ》った。

「秘書である俺に、そういうことは伝えてほしいと思っていたから」

「そうですよね。社長であるおじ様のことは、すべて把握しておかなくちゃダメですものね」

「あ、ああ」

なぜかホッとした様子を見せた彼を見て不思議に思ったが、そこでようやく状況が掴めた。

（もしかして、もしかしなくても――）

「二日間、お屋敷は二人きりってことですよね？」

「っ！」

自分で呟いておいて、その現実にどうしたらいいのかわからなくなる。気恥ずかしくなって、慌てて口を押さえた。チラリと彼を見ると、あちらもなぜか目が泳いでいる。二人して視線が合うと、勢いよくお互いが目をそらす。

先程までは沈黙に戸惑っていたが、今は二人だけの空間に困惑し、そして恥ずかしさが込みあげてくる。とにかくこの場から逃げ出してベッドに突っ伏し、声にならない叫び声を上げてしまいたい。

再び黙々とご飯を食べ始めるが、先程までの空気感ではなくなりお互いよそよそしさを感じてしまう。どうしても意識してしまうからだ。

恭祐さんと二人きりで話すことは初めてではない。だが、完全に屋敷で二人きりになるのは、これが初めてだ。いつもはおじ様がいて、朝になれば寿子さんが出勤して来ていた。

こうして考えてみると、二人がいたからこそ保っていた均衡だったのだと改めて気がつく。

父親以外の異性と二人きりで暮らしたことはない。父とは違う、男性との二人暮らし。しかも、相手は超絶ハンサムで仕事がデキる大人な人だ。緊張しない方がおかしい。それも、私にしてみたら恋心を抱いている相手でもある。意識してしまうのは仕方がないだろう。

（いや、でも……うん、大丈夫だよ）

ふと我に返って、二人きりだからといって特に緊張しなくてもいいことを悟る。

恭祐さんはこの土日はお休みなはずだが、ずっと屋敷にいるとは限らない。休みだといっても、途中で出かけることは今までに多々あった。

それに、家政婦としての仕事は土曜日のみ。日曜は、食事の支度などもしなくていいことになっている。土曜日の食事時間さえ乗り切ってしまえば、彼と二人きりで過ごすことはなさそうだ。月曜日になれば、おじ様は屋敷に戻ってくるはず。期間限定の二人暮らしである。

緊張はしてしまう。だけど、ちょっぴり二人っきりになったことが嬉しい。そんなことは、絶対に彼には言えないけど。

顔が青くなったり赤くなったりしていると、目の前に座っていた恭祐さんが腰を上げた。

「ごちそうさま。うまかった」

「あ、えっと……ありがとうございます」

「今日は、全部美雪が作ったんだろう?」

「はい」

朝から寿子さんはご主人がいる病院に飛んで行ってしまったため、今日の夕食はすべて私が作った。うまかった、と言われて、顔がじんわりと熱くなる。彼に褒められてすごく嬉しい。

頬を赤らめながらはにかんでほほ笑むと、彼にサッと視線をそらされてしまった。仲良くなったと思ったのに、こうしてすぐに距離を離されてしまうのが寂しい。ささいなことで気持ちが浮き沈みする私に、ぶっきらぼうな声が降る。

「今日も一日お疲れ様」

「え？」

弾かれたように顔を上げると、どこか照れた様子で彼は労《いたわ》ってくれた。

「寿子さんがいなくて大変な上、慣れない仕事を一人でこなしたんだ。疲れただろう？」

ゆっくりと、彼の目が細まる。その表情がキレイすぎて、目を大きく見開いてしまう。

私の心臓があり得ないほど高鳴っているなんて、彼は知らない。そして、私の気持ちも。だからこそ、そんな色気に溢れた表情を向けることができるのだ。

彼の大きな手が近づき、驚く間もなく私の頭に触れてきた。ゆっくりと優しく撫でられ、ドキドキしすぎて倒れてしまいそうだ。

こんなに彼の傍にいたら、この恐ろしいぐらい高鳴っている心音が聞こえてしまうんじゃないか。そんな心配をしてしまうほどだ。

彼の手はゆっくりと離れていき、思わず「あ」と残念がる声が出てしまいそうになる。グッと声を抑えた自分は、なかなかに偉い。自画自賛していると、彼はいつも通りの表情に戻っていた。

「早く寝ろよ、美雪。慣れない場所、慣れない仕事で疲れているだろう？」

「そんなことありません！」

「美雪？」

急に大きな声を出して立ち上がった私に驚いたのだろう。彼は目を瞬《またた》かせている。

「疲れてなんていません。だって、すごく楽しいですもの」

「美雪」

「おじ様は優しく手を差し伸べてくださるし、寿子さんはおばあちゃんみたいに私をかわいがってくれます。それに――恭祐さんは、私を助けてくれました」

息を呑《の》んだ彼を見て、私は今、自分が口にしてしまった言葉の威力に顔から火が出そうになる。

だが、全部本当のことだ。

私は逃げ出したくなるほど面映《おもはゆ》い気持ちを抑え、彼を見上げた。

「どん底に落ちてしまった私を、あの日、助け出してくれました」

「美雪」

「入社辞退届を勝手に出された私のことなんて、本来なら社長であるおじ様にも恭祐さんにも関係のないことです。それなのに、こうして手を差し伸べてくれた。感謝しかないです」

ありがとうございます、と頭を下げる。だが、顔が上げられない。話しているうちに涙がポタポタと零れ落ちてしまい、こんなにみっともない顔を彼には見せることができないからだ。

おじ様と恭祐さんは、誰が入社辞退届を出してきたのかを今も調査してくれているはずだ。

そんな人たちに、すべてを話せないことをずっとずっと悩んでいた。疑っている人がいる。そのことを伝えるべきなんだろう。

だが、どうしても言いよどんでしまうのだ。得体の知れない恐怖に襲われて、すべてを話せない。

(きっと、もうすぐ終わりなんだ……)

調査なんてすぐに済むことだろう。恐らく、誰が企《くわだ》てたのかわからず証拠不十分で終わるはずだ。

社内で今後どのように対策をしていくかを決めれば、あとは私など必要なくなる。

キュッと目を強く瞑ると、涙が後から後から頬を伝う。泣いている間に、恭祐さんはどこかに行ってしまったようだ。呆れられてしまっただろうか。

それが悲しくて再び目に涙が浮かんでいると、テーブルにカップが置かれた。

「え？」

滲《にじ》む視界に、ふんわりと白い湯気が立ち上っている。

驚いて顔を上げると、そこには困ったように顔をしかめている恭祐さんがいた。

「美雪は、その紅茶が好きだろう？　美味しそうに飲んでいたから」

「あ」

彼がどこかに行ってしまったと落胆していたのだが、どうやら紅茶を淹れてきてくれたらしい。

この前、私が彼に淹れた紅茶のようだ。

「いい香り……。ありがとうございます」

「いや……。あのな、美雪」

「はい」

真っ赤な目をして返事をすると、真摯《しんし》な目をした彼が柔らかい口調で言う。

「無理はしなくていい」

「え？」

「俺も社長も、美雪が心配でここに連れてきただけ。言うなれば、俺たちのお節介だ」

「そんなこと」

反論しようとしたが、それを彼に止められた。首を横に振り、話を続ける。

「お節介ついでに言っておく」

「え？」

「いつまでだって、ここに居ればいい。社長だって助かるし、なにより寿子さんだって助かる。それに、俺も――」

急に恭祐さんを取り巻く空気が変わったように思った。

背の高い彼は腰を折り、視線を合わせてくる。真剣な目はどこか情熱的で雄々しさを感じた。今までの彼とは違う。大人の男。今まで接してきた男性の中で一番……格好よくて素敵だ。

彼の大きな手が私の頬に触れ、そして綺麗な顔が接近してきた。

唇と唇が重なろうとする瞬間、彼の動きがピタリと止まる。

「っ！」

彼は何かを言いかけたが、ハッと我に返ったように口を噤《つぐ》む。

そして、すぐさま私から離れて話題をそらしてきた。

「君が安心できるようになるまで、ずっと居ればいいということだ」

それだけ言うと、恭祐さんはスタスタと足早《あしばや》にダイニングルームを出て行ってしまう。

その後ろ姿が見えなくなるまで、何も考えられなかった。ようやく彼の足音が消えた瞬間、身体から力が抜け落ちてイスに腰かける。

ビックリしすぎて息をするのを忘れてしまっていた。慌てて呼吸を開始すると、咳き込んでしまう。

息苦しさは落ち着いたが、心は落ち着かない。未だに心臓の音がバクバクと響いている。先程の光景を思い浮かべるたびに、ますます心音は大きくなっていくように感じた。

「キス……してくれると思ったのに」

ポロリと無意識に口から飛び出した自分の言葉に、顔を赤らめて悶絶《もんぜつ》する。これでは、してもらいたかったと言っているようなものだ。恥ずかしい。

テーブルに突っ伏し、視界に入った紅茶のカップを見つめる。体勢を起こし、それに手を伸ばした。温かい紅茶に口を付け、そのやさしい香りに気持ちが落ち着いていく。

恭祐さんは、会社でもこうしておじ様にお茶を淹れているのかもしれない。

そう、私にだけ気遣いを見せている訳ではないのだ。

彼は職業柄、自然にフォローをすることが身についているのだろう。

先程の彼は、私にキスをしようとしたのか、それともただ単に私の様子が見たくて近づいてきたのか。わからない。

だが、どちらにしても私を慰めるための行為であり、深い意味などないのだろう。

私だって年の離れた子供が泣いていれば、優しく接するはずだ。

頭を撫で、子供が安心するように優しい口調で宥《なだ》めると思う。それを、恭祐さんもしただけのこと。

「私なんて、子供……だよね」

彼からしたら、十歳以上年が離れている私は子供同然だろう。いや、彼の中では妹のような存在なのかもしれない。

まだまだ子供で周りが守ってやらねばならない、庇護《ひご》的存在。彼の中での私の立ち位置は、そんなところだろう。

カップを持ち、香り高き紅茶を見つめる。そこには、嬉しそうでもあり、だけどどこか切なそうでもある私の顔が映っていた。

「気がついている、ってことだよね」

話したがらない〝何か〟を私が抱えていることを、彼は感じ取っている様子だった。それでも、その内容は聞かないから安心するまではここに居ていいと言ったのだろう。彼の優しさに、再びじんわりと涙が浮かぶ。

紅茶にポツリと落ちた悲しみは、ゆっくりと波紋を広げた。

「……何をやっているんだ、俺は」

美雪から逃げるようにして自室に戻ってきた俺は、部屋の扉に寄りかかり頭を抱えた。

ここ最近の自分は、とにかくおかしい。その一言に尽きるだろう。

ずぶ濡《ぬ》れで絶望を背負って泣いていた美雪と出会ってから、どうにも心がかき乱されてしまい今までの自分ではないように思える。

最初は、妹の織絵と重ねて見ていた。織絵が死んだのは、彼女が二十二歳の春。まさに、今の美雪と同じ年頃のときだった。儚《はかな》く、一瞬で散ってしまう桜のように織絵の一生が終わり、残された俺はいつまで経っても妹の姿を追い求めていた。それと同時に女性不信にも陥《おちい》ったため、あの春から完璧なまでに女性との接点を潰していくことになる。

そんな自分が美雪を助け、こうして彼女が怯える〝何か〟から守ろうと思うなんてこの数年間の自分だったらあり得ないことだ。だが、織絵と重ねて見ていたというのなら、自分でも納得できた。

妹のように、美雪を慈しむ。それなら理由があると思ったのだ。しかし――

「どうして、美雪に触れたいと思ってしまうのか」

自分の両手を見つめて、盛大にため息をつく。

落ち込んでいれば頭を撫でて慰めてやりたい。なんとかして笑顔にしたいと思うからこそ、プレゼントをあげたくもなる。そういうところまでは、妹分として美雪を見ているからという理由が立つ。

しかし、先程の行為にはなんと説明をしたらいいのだろう。

何かに怯えて苦しむ美雪を、一瞬でも違うことに意識を持っていってあげたかった。インパクトがある出来事があれば、彼女は少しの間だけでも苦しみから抜け出すことができる。そう思ったら、頭で考える前に身体が動いていた。

最初は美雪のためのつもりだったのだが、途中から己の欲望へと変貌。ただ、あの柔らかそうな唇に触れたい。吸い付くような白い肌に触れたい。そんな欲求が勝っていた。唇と唇が重なろうとした瞬間、理性が勝ったおかげで欲求をぶつけるという最悪の事態は免れたのだが……

「本当、これはまずくないか？」

ジワジワと顔に熱が集まってくるのがわかる。俺は、慌てて口を押さえた。口を塞《ふさ》いでいないと、自分の気持ちが零れ落ちてしまいそうで怖いのだ。

美雪が、かわいくて仕方がない。もっと構いたくて、彼女の笑顔が見たいと切望する自分がいることに気がついていた。

こういう感情をなんと言うのか。わかっているが、今はとりあえず冷静になるのが先決だ。

風呂にでも入って頭を冷やそう。ようやくその場から動く気になったのだが、トラウザーズのポケットに入れていた携帯がブルブルと震える。取り出して確認をすると、第二秘書である矢上からの電話だった。気を落ち着かせて電話に出ると、開口一番に質問を捲《まく》し立ててくる。

『社長！　高村さんと寿子さんがいないって本当ですか？』

どこか興奮気味に聞いてくる矢上に「相変わらずだな」と苦笑いを浮かべた。

デキる美人秘書として社内では名を轟《とどろ》かせている矢上だが、一度仕事から離れると人格が一変、落ち着きがなくなり、一気にお節介焼きに変貌するのだ。

彼女は元々シャルールドリンクで専務の秘書を担当していたのだが、今回俺が社長に就任するにあたり社長の第二秘書となった。

矢上の夫――敏也《としや》は昔からの友人なので、彼女とはだいぶ前からの知り合いだ。そんな経緯もあり、彼女は俺に対して職場以外ではフレンドリーになるのである。

だが、夫である敏也はそれが面白くないらしい。彼は、矢上にベタぼれ状態。雇い主である俺にまで、嫉妬しだすので困ったものなのだが……。

苦笑していると、彼女は機関銃のように次から次に言いたいことだけ言ってくる。

『いないんですよね？　だって、高村さんからも寿子さんからも連絡来て聞きましたから』

「それなら、俺にわざわざ確認しなくても」

『これが確認せずにいられますか！　美雪ちゃんと二人っきりです。わかっていますか？　社長』

「……わかっている」

　矢上に言われなくたってわかっている。それを改めて実感してしまったために、美雪の傍から逃げるように自室に戻ってきたのだから。

　しかし、俺の返事が気に食わなかったのだろう。彼女は口調を強める。

『明日、明後日と二人きり。そして、高村さんは月曜日まで娘さんのところから戻って来ない。そうですよね？』

「あ？　ああ」

『どうするんですか？』

「どうするも、何も……」

　二日間、美雪とこの屋敷に二人きり。それを彼女から指摘され、ますます意識してしまった。

　先程のやり取りを思い出して、ため息を付きたくなる。美雪はどんなふうに思っただろうか。

　微妙な雰囲気の中で二人きりというのは、なかなかにばつが悪い。恐らく、美雪だって同じ気持ちを抱いているだろう。

　それなら、二人きりにならなければいい。他人の目があれば、美雪と一緒にいても変な欲望に困ることはなさそうだ。

（変な欲望って……お前）

自分に突っ込みつつ、呆れ返ってしまう。どれほど、美雪をかわいがりたいと思っているのだろうか。

小さく息を吐き出したあと、矢上に聞いてみることにした。

「美雪もずっとここに居るだけでは、息が詰まるだろう。どこかに連れ出したいが……何か案はないか？」

『……』

「矢上？」

あれだけ鼻息荒く質問攻めにしていた彼女だが、返事がない。どうしたのかと声をかけようとすると、『社長！　いいです。いい傾向です！』と騒ぎ立ててくる。

『クールで女性に興味がないどころか、冷たすぎだったのに！　うちのダーリンもいつも心配していたんですから』

「……うるさい」

矢上に指摘されなくてもわかっている。今の自分は、いつもの自分じゃない。まだ恋というものに憧れを抱いていた、若かりし頃の自分が戻ってきた感じだ。寝ても覚めても美雪のことばかり考えている自分は、すっかり彼女に骨抜きになっているのだろうか。今はまだ、彼女への気持ちに向き合う自信はない。だが、いつか――

美雪の憂《うれ》いの元が何かを突き詰め、それが明らかになったとき。ようやく彼女の手を乞《こ》うことができるのだろうか。

好きなのだと思う。彼女――美雪のことが。

最初こそ年齢差がありすぎて、恋になど落ちないと失笑していた。だが、今では美雪が恋しくて、彼女がほしいと願うただの男になってしまったのだ。

理性と欲望。それを天秤にかけ、揺れ動く気持ちに困惑し続けているなんて、美雪にはわからないだろう。

『年が離れているとか、自分はおっさんだとか。そんなことで尻込みせずに――』

痛いところを突いてくる矢上は、俺を応援しているのか、それとも、けなしているのかわからない。聞き流しつつも、以前高村に言われたことを思い出す。

『同意のないうちに、彼女に襲いかからないように』

あのときは『襲うか、バカ。相手は二十二歳の小娘だぞ?』と悪態をついたと思う。

だが、今の自分はあまり自信がない。

今、高村に同じことを聞かれたとして、以前の自分のような模範解答ができるだろうか。

何かのきっかけがあれば、簡単に理性など壊れていく。それを、先程体験したばかりだ。

美雪の涙を見て、俺は――確かに、彼女を女性として欲していた。

きっと、あの日。雨に濡《ぬ》れて立ち尽くしている姿を見たときから、俺は彼女に釘付けになっていたのかもしれない。目も心も身体も――

矢上の興奮した声を聞きながら、俺は天井を仰いだ。

6

「おはよう、美雪」

「おはようございます。朝食が出来上がりましたので、どうぞ」

「ああ、ありがとう」

土曜の朝。朝食を作り終えてダイニングルームに運び終わった頃、恭祐さんがまだ少しだけ眠そうな様子でやってきた。遅くまで仕事をしていたのだろうか。

いつもならパリッとしたワイシャツにウエストコート、トラウザーズ姿で現れるのだが、今日は休日ということでラフな装いだ。ベージュの七分丈のざっくりとしたサマーニットに、細身のジーンズ。髪は出勤時のようにセットしておらず無造作だ。だが、そんな抜け感が余計にセクシーに映ってしまう。恭祐さんに片思いをしている私にとっては、眼福《がんぷく》でもあり、目の毒でもある。

彼は席に座り、すぐ傍に置いておいた新聞紙に手を伸ばして読み始めた。彼をこっそりと観察しながら、温かいお味噌汁をテーブルに置く。

恭祐さんも眠そうだが、私も今朝はとても眠くて二度寝しそうになったほどだった。

理由は明らかだ。昨夜の出来事が頭から離れなくて、なかなか寝付けなかったからである。

実際はキスなんてしなかったのに、そのあとの想像までし始めた自分はちょっと……いや、かなりエッチかもしれない。経験などないのに、耳年増《みみどしま》になっている自分にため息が出る。

仕事に出かけるなどの予定がない場合の土曜日は、八時半に朝食を準備しておくように言付かっていた。いつもより遅い時間だったからこそ、間に合ったと言っても過言ではない。平日や、土曜出勤の場合はアウトだっただろう。

寿子さんがいない今、私がしっかりしなくてはダメだ。おじ様や恭祐さんに迷惑は掛けられない。そんな使命感で背筋が伸びる思いがする一方、どうにも昨夜の恭祐さんの表情が頭から離れてくれなくて困り果ててしまう。

私とはかなり年が離れている、大人の魅力溢れる男性だ。大手企業の社長秘書であり、それだけで仕事がデキるのであろうことは想像に難《かた》くない。

そんな人が、私にキスをしてくるはずがない。食指《しょくし》なんて動くはずがないのだ。

(落ち着け、落ち着け。何かの間違い。あれは、私の勘違い)

何度も自分に言い聞かせようとするのだが、頭も心も私の都合のいいように考えてしまう。

気まぐれだったとしてもいい。キスがしたいと思ってくれたのなら嬉しい。そんな考えに落ち着いてしまうのだ。

私が席についたのを確認し、恭祐さんは読んでいた新聞を折り畳《たた》んで横に置いた。

「では、いただこう」

「はい、いただきます」

「いただきます」

二人で手を合わせたあと、朝食に箸を付ける。

いつも思うことなのだが、恭祐さんは所作がとてもキレイだ。姿勢よくお椀と箸を持つ姿は、見惚れてしまうほどである。

「美雪」

「は、はい」

不躾《ぶしつけ》に見つめていたことが、バレてしまったのだろうか。慌てて視線を泳がせながらも返事をすると、彼は箸を置いてこちらを見つめてきた。

「今日、外に出かけないか？」

「え？　お出かけ、ですか？」

まさかの提案に、キョトンとして彼を見る。私の顔がおかしかったのか。恭祐さんは、クスクスと声を出して笑う。先日から、彼の笑い声をよく聞くようになった。笑顔の大放出に、嬉しすぎて胸をときめかせてしまう。

細めていた目が、ゆっくりと弧を描く。色気が半端ない。目を泳がせ続けていると、彼は柔らかい声で誘ってくる。

「ああ。体調がいいようなら、外に出かけてみないか？　ずっと屋敷の中ばかりでは息も詰まるだろう」

こんな柔らかく優しい声色《こわいろ》も、最初の頃は聞けなかった。だからこそ、感慨深くもある。

「そうですけど……」

言いよどむと、恭祐さんはテーブルの上で手を組みながら強い視線で見つめてきた。

「それに、このまま屋敷にいたら、美雪は始終仕事に明け暮れてしまうだろう？」

確かに、彼の言う通りだ。休みだといっても、結局何かしら仕事をしそうな自分がいた。

だから、素直に認める。

「……そうかも、しれません」

私の返事を聞き、彼は小さく頷く。

「今日は、この屋敷に俺だけだ。特に仕事をしてもらうつもりはないから。少しは息抜きをしてみないか」

この屋敷にご厄介になってからというもの、一歩たりとも敷地内から出ていない。

それは、おじ様と恭祐さんに約束させられていたからだ。

入社辞退届を提出して私の入社を阻《はば》んできた犯人がストーカーのような人物だった場合、一人で外に出るのは危険が伴う。だからこそ、事が落ち着くまでは絶対に外出してはいけないと言われてきたのである。

私としても、そういった人間から知らず知らずのうちに狙われていたという可能性も少なからずあるのではと思ったこともあり、彼らの言うことをきちんと守っていたのだ。それなのに、外に出かけてもいいのだろうか。恭祐さんに聞くと、彼は小さく頷いた。

「美雪一人では、まだ外に出す訳にはいかない。だが、俺も一緒にならいいだろう」

「恭祐さんと、ですか？」

「ああ。イヤか？」

「違います！　イヤじゃありません。ありませんけど……」

「けど？」

彼をチラリと見て、オドオドとしながら言う。

「……お疲れですよね？　私のために外に出かけたら疲れちゃいますよ？　お屋敷で身体を休まれた方がいいのではないですか？」

眠そうな様子だった彼を思うと、無理は言えない。そんな心配をしていると、彼はフイッと私から視線をそらした。

「俺は、そんなに柔《やわ》ではない」

「そうかもしれませんけど……」

言葉を濁《にご》す私に業を煮やしたのか。彼は口調を強める。

「じゃあ、命令だ」

「え？」

「雇用主が一緒に出かけたいと言っている。従業員は、それに従え」

一瞬呆気《あっけ》に取られたが、思わず噴き出してしまう。ついでに、目尻に涙も滲《にじ》む。

彼の優しさを感じ、胸がいっぱいになってしまった。

「雇用主って、おじ様ですよね？」

「あ……まぁ、そうだが」

「ふふ、そうですよ。おじ様の命令なら動きますよ」

会話のやり取りが楽しくなって、少しだけ意地悪なことを言ってしまう。

だが、それに対抗してきたのは恭祐さんだった。

「じゃあ、俺の願いは叶えてくれないのか？」

「え？」

ドクンと、胸が一気に高鳴ってしまった。冷静でいられない状況で困っているのに、彼は私の心臓をより高鳴らせていく。

先程までの冗談めいた雰囲気から一変、一気に真剣な表情になり私を見つめていたからだ。

「俺は、美雪と出かけたい。イヤか？」

シェパードのようにシュッとしたイケメン大型犬が、耳を垂らしているように見える。

今までに見たことがない彼の一面を見ることができて嬉しいが、未だに肩を落としている様子を見て慌ててしまう。

「とんでもないです！　えっと、あの……嬉しかったんです、本当はすごく」

「美雪？」

「すごく……嬉しいです。それに、楽しみです」

「っ！」

息を呑《の》んだ恭祐さんだったが、彼の顔をそれ以上直視できなかった。

言っていてこそばゆくなったので、「何時に出かけますか？」と無難な話題を振ったのだが、彼は再び私を悶絶《もんぜつ》させてくる。

「ああ、俺も楽しみだ」

「っ！」

伏せ目がちにほほ笑む彼は、ものすごくセクシーで格好いい。

目が離せずにいると、ふと顔を上げた彼と視線が合う。

すると、蕩《とろ》けてしまうのではないかと思うほど、柔らかくほほ笑んでくれた。

「美雪に、ネクタイを見立ててもらいたい。いいか？」

「私で……務まりますでしょうか？」

ネクタイなんて見立てたことはない。そもそも、そんなお店に入ったことすらないのだ。

不安に思って彼を見つめると、フッと表情を緩《ゆる》めて笑っている。

彼は、立ち上がりながら私の頭を撫でた。

「大丈夫だ。美雪が選んでくれたということが重要なんだから」

目尻を下げてほほ笑む恭祐さんは、直視できないぐらいに素敵だ。

ドキドキしすぎて、どうにかなってしまいそう。そんな私の気持ちにも気がついていない様子の彼は、私の髪をクシャッとさせながら頭を撫でて言う。

「じゃあ、十一時に玄関に集合でいいか？」

コクコクと何度も頷くと、彼はダイニングルームを出て行く。

幸せな胸の鼓動を感じるものの、これでは心臓がいつまで保つかわからない。

「今日一日、こんな調子で保つのかなぁ」

誰もいなくなった静かな部屋で、私のため息が響き渡った。

それでも、待ち合わせ時間は刻一刻と迫っている。慌てて片付けを済ませ、自室に戻りクローゼットを開いた。

そこには動きやすいスウェット素材のカットソーやら、パンツがたくさんある。

これらはすべて、おじ様が揃えてくれたものだ。

『父に荷物を送ってもらいますから、大丈夫です！』と言う私の訴えを笑顔でかわし、家政婦としてこのお屋敷で働くことが決定した日には、たくさんの服が届けられたのだ。

『実家に帰りたくないという人が、自分の居場所を知られてもいいのですか？』とおじ様に言われ、二の句が継げず、半《なか》ば強引に洋服を手渡されてしまったのである。

それだけでも恐縮していたのに、しっかりと給料が出るという。

さすがに断固拒否しようとすると、恭祐さんはものすごく厳しい顔付きで諭《さと》してきたのだ。

『うちは、クリーンな会社だ。仕事をしてもらうのに報酬を払わないなんてあり得ない』

有無を言わせぬ圧力を感じ、渋々頂戴することになってしまった。

申し訳ないので、与えられた物や食費、光熱費は給料天引きでお願いします、と訴えた私に、おじ様は『うんうん、わかっていますよ』と言っていたけれど、天引きしてくれそうもないと睨《にら》んでいる。

百歩譲って、これらの服は作業着だと思ってありがたく着させていただこうとは思っていた。

だが、問題はそれより多くある〝仕事着としては着ることが不可能〟という類《たぐい》の服たちだ。

熱が下がって起き上がったときに渡されたワンピースはもちろん、そのあとにも何着も増えていく素敵な洋服たち。

『さすがにもう結構です。着ていく場所がないです』

と涙目で寿子さんに訴えたのだが、『お休みの日に着てみたらどうでしょう？　何着あっても困らないでしょう？』と取り合ってもくれなかったのだ。

「何着もあったら、さすがに困りますよ……寿子さん」

私が知らない間にクローゼットには服が増えていく。どうやら、おじ様が矢上さんに服を用意するように言付けをし、彼女が買ってきたものを寿子さんがクローゼットにしまう、という一連の流れが構築されているようなのだ。

ずっと着ることはないと思っていたが、まさか本当に着る機会がくるとは思わなかった。

「あ……これ、かわいい」

薄いグレーのマキシワンピースは、腰の辺りに切り替えがあるプリーツデザインだ。ノーカラーで、フレンチ袖。大人っぽい雰囲気にしてくれるデザインである。

髪を後ろに纏《まと》めて緩《ゆる》くシニヨンを作り、少しだけメイクをしてみた。

こちらの化粧品も、すべておじ様から。もちろん、矢上さんの監修である。

「本当、申し訳なさすぎる……」

これほど色々としてもらってありがたくも思うが、申し訳なさの方が上回ってくる。

こんなにしていただくほど、価値がある人間には思えない。ズンと気持ちが沈んでいきそうになるが、時計を見て慌てる。恭祐さんとの約束は、十一時。急がなくては遅れてしまう。

私は、今できる限りの背伸びファッションをして部屋を飛び出した。


「お待たせ致しました」

玄関の扉に寄りかかり携帯を見ていた恭祐さんが、こちらを向く。

「恭祐さん？」

彼は携帯から目を離し、私の全身を見て呟いた。

「かわいいな」

「……え？」

声が小さすぎて聞き取りにくかったが、確かに〝かわいい〟と言ってくれたようだ。

なんだか照れくさくなって、スカート部分をキュッと掴む。

「矢上さんが選んでくださったワンピースなんです」

「……」

「褒めていただけて嬉しいです。おじ様と矢上さんに感謝ですね」

朗《ほが》らかにそう言ったのだが、なぜか彼は仏頂面だ。

どうしましたか、と聞くと、ハッと我に返ったように柔らかい表情へと戻る。

「いや、なんでもない。行こう」

「は、はい」

どうしてあんな表情をしたのか聞きそびれてしまったが、これからの時間が楽しみすぎてワクワクしていたので聞き返すことはしなかった。

恭祐さんの運転で、まず最初に訪れたのはオシャレなカフェだ。そこで美味しいフォカッチャサンドを食べたあと、彼に連れられて来たのは郊外にあるショッピングモールだった。

なんとか駐車場の空きスペースを見つけ、車を駐《と》めてモール内へと繰り出す。

休日の土曜日なので、かなりの人出だ。それに、迷子になってしまいそうなほど広い。このショッピングモールに初めて訪れた私は、ワクワクしながら目を輝かせた。

こういった場所に久しぶりに来たのももちろんだが、自分の隣には好きな男性がいる。テンションが高くなるのも致し方ないだろう。

(もしかして、もしかしなくても……これってデート!?)

その事実に舞い上がってしまいそうになるのをグッと堪《こら》え、まずは恭祐さんのネクタイを見に行こうと提案した。だが、その声は聞き流されてしまう。

「まずは、美雪のだ」

「え?」

彼に連れられて最初に訪れたのは、レディースファッションフロアだった。

私の背中に手を置き、彼が促《うなが》した先はOLに人気があるブティックだ。

「ここで買い物をするぞ」

「え?　ここレディースのお店ですよ?　今日は恭祐さんのネクタイを選びに来たんじゃ……」

「いや、今日は美雪の物を買いに来た。俺のネクタイは、いつでもいい。口実だ」

しれっと言う彼に、私はムキになる。

「買う必要ないですよ！　だって、お屋敷に戻れば矢上さんが選んでくださった洋服がたくさんあります」

「だからだ」

「え？」

「俺が選ぶ」

「え？　え？　ちょっと、恭祐さん!?」

止める間もなく店へと入り、彼はグルリと店内を見る。そして、二、三着服を持って私の元へとやってきた。

「これを着てみてくれ」

「えっと……」

渋《しぶ》る私を、彼は懇願するような目で見つめてくる。

「着てみてくれないか？　きっと、美雪に似合う」

彼が選んでくれた服は、かなり私好みだった。それに、彼にお願いされたら言うことを聞きたくなってしまう。

チラリと彼に視線を向けると、期待をしている目でこちらを見ている。

試着しない限り、彼は満足してくれない。そんなふうに悟った私は、小さく頷く。

「着てみるだけ、ですからね」

「わかった」

念押しをすると、それに納得してくれた。

すべての洋服に袖を通し、そのたびに恭祐さんに見せる。それを何度か繰り返した。

これで納得してくれただろう。そう思ってホッとした私は、大変甘い考えだったのかもしれない。

彼の手には、すでにいくつかのショッパーがぶら下がっていたのだ。

中を見ると、試着した洋服すべてが入っていた。ショッパーに入っているということは、すでに会計済みなのだろう。

「ちょっと、恭祐さん！　ダメですって」

「何か問題でも？」

飄々《ひょうひょう》とした顔で言い切る彼だが、問題はありまくりだ。

むぅ、と頬を膨らませ、彼に不服を申し立てた。

「試着すればいいだけかと思ったので着たんです。それなのに、購入しちゃうなんて……。そもそも、恭祐さんは着てみるだけでいいって言っていたじゃないですか！」

反論すると、彼は大人の色気を最大限出した笑みを浮かべてくる。

「美雪に言われたから、買うのは諦めて試着だけしてもらおうと思った。だが、どれを着ても美雪に似合っていた。この洋服たちは、絶対に美雪に着てもらいたがっている。そう思ったからこそ買っただけ。美雪のためじゃない、洋服のためだ」

「なんという屁理屈を……」

言っていることは無茶苦茶なのに、大人な雰囲気を前面に押し出されてしまったら何も言えなくなってしまう。

しかし、そうでなくてもおじ様には、生活必需品はもちろん、私が生活するのに支障がないように色々とよくしてもらっている。

これ以上、何かしてもらったらバチがあたってしまう。

そう言って彼に訴えたのだが、なぜか不服な顔をしてきたのだ。

「矢上が選んだ服は着るのに、俺のはダメなのか？」

「え？」

「俺も美雪のために服を選びたいし、かわいい姿を見たい」

「えっと、あの……その」

「見せてはくれないのか？」

「っ！」

あの仏頂面の恭祐さんはどこへ行ってしまったのか。顔から火が出てきそうなほど、こちらが恥ずかしくなることばかり言ってくる。

今、目の前にいる人物は恭祐さんではなく別人ではないのか。そんな疑問を抱いてしまいたくなるほど、少し前の彼とは全然違う。それだけ、彼が自分のテリトリーに私を入れてもいいと判断してくれたのだろうか。嬉しいが……恥ずかしくてどうしたらいいのかわからない。

真っ赤になって戸惑っている私に、彼は柔和《にゅうわ》な笑みを浮かべた。

「君は、一言だけ言えばいい」

「え？」

「ありがとうって喜んでくれれば、それだけで俺は機嫌がよくなる」

ここまで彼が言うのに、遠慮していたらかえって失礼だろう。

それに、恭祐さんが選んでくれた服だ。嬉しいに決まっているし、洋服はすべてかわいくて好みのものばかりだった。返事を促《うなが》す彼の柔らかい表情を見て、私は頬を緩《ゆる》めてほほ笑む。

「ありがとうございます。嬉しいです」

「っ！」

息を呑《の》んで固まる彼に気がつく。どうしたのか、と問いかけると、いきなり手首を掴まれた。

「行くぞ」

「え？　どこにですか？」

服は買ったことだし、次はようやくネクタイを見に行くのだろうか。

そう思ったのだが、今度は生活雑貨の店に連れ込まれた。

店内をブラブラと眺めていると、とある商品が目に留まった。

「わ、かわいい」

コロンとした卵形のアロマディフューザーに目を奪われていると、横から手が伸びてきた。

気がつかないうちに、私の背後に恭祐さんがいたようだ。

「じゃあ、これを買おう。アロマオイルも必要だな」

「待ってください。私、ちょっと見ていただけなんです」

なんとか買うのを止めようと彼が着ているサマーニットの裾を掴んだのだが、そのアロマディフューザーを棚に戻そうとしない。この店にやってきたのはウィンドウショッピングをするためだと思っていたのだが、どうやら違ったようだ。彼は、まだ買い足りないらしい。

「いい機会だ。美雪の身の回りのもの、すべて買い直そう」

「必要ないですよ！　もう充分いただいています」

キッパリ言い切ると、彼は小さく息を吐き出して私の頭に触れてきた。

「わかった。じゃあ、これだけはプレゼントさせてくれ。そうしたら、今回はこれ以上買わない」

ようやく諦めてくれたようだ。ホッとしたのだが、彼の発言にひっかかりを覚えて聞き返す。

「今回は、ですか？」

「そう。今回は、だ。また、一緒に買い物しよう」

大人の魅力溢れる笑みを向けられ、胸がキュンとして仕方がない。そんな彼の笑顔に促《うなが》されるように、小さく頷いてしまう。

彼は私を見て満足したようで、目尻を下げた。

「じゃあ、会計を済ませてくるから。店の外で待っていてくれ」

「はい。ありがとうございます」

一応の約束を取り付けたので、お互いここが妥協点だと折り合いをつけて引くことにする。

ペコリと頭を下げると、彼はふんわりとした柔らかい表情で頷いた。その表情が文句なく格好よすぎて、ますます胸がときめいてしまう。

店の外に出たあと、レジで会計をしようとしている彼を遠目に見る。こうして見ていても、洗練された大人な男性だと思う。先程から女性たちがすれ違いざまに彼に視線を向けているのを何度も見かけた。そんな男性と二人きりでデートのようなことをしている。それを今更ながらに実感し、嬉しくて浮き足立ってしまう。

しかし、そう思っているのは残念ながら自分だけなのだろう。

恭祐さんは、妹とこんなふうにショッピングに出かけていたはずだ。妹の笑顔が見たくて、今回のように服を買ってあげたりしていたのだろうか。

（きっと、私は妹さんの代わり……）

ズクンと胸の奥が痛み、唇をキュッと噛みしめていると声をかけられた。

「あれ？　美雪じゃない？　こんなところで会うなんて奇遇ね」

「え？　仁美《ひとみ》ちゃん……！」

幼なじみと久しぶりに再会し、思わず声を上げて喜ぶ。

堺屋《さかいや》仁美、二十二歳。私の同級生だ。

彼女の実家は、以前父と二人で住んでいたマンションの近くにあり、小中高と同じ学校に通った仲である。彼女の父は大手企業の重役で、仁美ちゃんは所謂《いわゆる》お嬢様だ。豪邸に住んでいて、とにかく色々な面で差を覚えてしまうほど。

しかし、仁美ちゃんはそういう面をひけらかす子ではなかったため、私と馬が合った。幼い頃からずっと一緒に過ごしてきた、大切な友達だ。

残念ながら大学は違うところに通うことになったので、なかなか頻繁には会えなくなったが、連絡を取りながら細々と交流は続いていた。

しかし、ここ最近はご無沙汰だったかもしれない。一年前、父が再婚をすることになり、マンションから引っ越して物理的にも距離ができてしまったからだ。その上、私は就職活動で忙しくなったため、ここ最近は会うことが叶わなかったのである。

きゃあ、と声を上げて抱き合ったのだが、仁美ちゃんの言葉に身体が硬直してしまう。

「この前、幹久さんに会ったの。そのときに聞いたわよ！　飲料メーカーに就職したって。おめでとう、美雪」

「あ、ありがとう……仁美ちゃん」

彼女にだけは本当のことを話してしまいたいと思ったが、口を噤《つぐ》んでとりあえずこの場をやり過ごす。幹久さんの名前を聞いてしまったからだ。

私を介して幹久さんと仁美ちゃんは顔見知りになったのだが、二人は仲がいい。だからこそ、仁美ちゃんから幹久さんに情報が流れることを恐れてしまう。

私の話題から話をそらしたくて、取り繕《つくろ》うように彼女に聞く。

「仁美ちゃんは、今どうしているの？」

「私？　家事見習いってやつかな？　母親の仕事を手伝ったりしているの」

「そうなんだね」

そこで話が尽きてしまう。本当なら、もっとたくさん話したい。だが、今も幹久さんと繋がっている仁美ちゃんには、話せないことがたくさんある。話せば話すほど、何か失言をして幹久さんに情報が流れてしまうかもしれない。それが怖いのだ。

そろそろ行くね、と彼女から離れようとしたのだが、私の腕を掴んで無邪気にほほ笑んでくる。

「ねぇ、美雪。今、どこに住んでいるの？」

「え……？」

「同期のマンションに住んでいるんでしょ？」

「え、えぇ……そうなの」

杞憂《きゆう》が現実になる。どうやら、彼女は幹久さんとごく最近も連絡を取り合っているようだ。同期と一緒に住んでいるという嘘が、彼女の耳にまで届いているとは思わなかった。

どうしたら彼女をごまかしきれるか。それを必死に考えるが、焦るばかりで頭がパニックに陥《おちい》る。

今すぐにでもここから逃げ出したいと思うのだが、彼女が腕を離してくれる気配はない。

「ねぇねぇ、美雪！　遊びに行きたいな！」

「え？　どこに？」

「どこにって、決まっているでしょ？　美雪の住んでいるマンション」

強引なところは、昔から変わらない。いつもなら「しょうがないなぁ」と仁美ちゃんのお願いに耳を傾けていただろう。しかし、どうしても住んでいる場所を教える訳にはいかない。

未だに自分の腕を掴んでいる彼女の手をゆっくりと外そうと試《こころ》みる。

「えっと……ごめんね、仁美ちゃん。忙しくて部屋の片付けができていないの。お客様を招《まね》けるような部屋じゃないし」

「えー、いいよぉ。私と美雪の仲でしょ？　そんなこと気にしなくていいよ」

「いや、でもね」

「仕事が忙しくて荷ほどきしていないんじゃない？　私が手伝ってあげるから」

なかなかに強引で、諦めてくれない。しかし、何度か首を横に振って彼女の申し出を断った。

「気持ちはありがたいんだけど……。シェアハウスしている同期との約束で、お互いの友達でも部屋には上げないってルールがあるの」

「えー？　そうなの？」

「ごめんね。気を遣ってくれてありがとう」

不服そうな仁美ちゃんに心の中で盛大に謝りながら、バッグから携帯を取り出して時間を確認するフリをした。

「ごめんね、仁美ちゃん。今、会社の先輩と待ち合わせしているの。急がなくちゃいけなくて……」

「そうなんだぁ。待ち合わせがあるんだね」

そこでようやく納得して諦めてくれた彼女を見て、安堵の息が零れそうになる。

彼女は無邪気な様子で、「じゃあ、メールでいいから今度住所を教えてね」と言う。

そんな彼女に、「ごめんね、また」と手を振った。

人混みの中に紛《まぎ》れていく姿を見て、罪悪感に見舞われる。だが、なんとかごまかしきれたようだ。

もう少し落ち着いたら、本当のことを話して謝罪をしよう。

そう心に誓っていると、肩に誰かの手が触れた。

驚いて振り返ると、そこには会計を済ませて戻ってきた恭祐さんが困惑気味な表情で首を傾《かし》げている。

「どうかしたのか？　美雪。ボーッとしているが……。もしかして、体調が悪くなったのか？」

「いいえ、大丈夫です。今、友人に会って声をかけられて」

「友人……まさか、男？」

「いえ、幼なじみの女の子ですけど？」

険しくなった顔が一変、彼は安堵に満ちた表情に変わる。

「それならいい」

「は、はぁ……」

恭祐さんの態度を不思議に思っていると、彼は辺りをキョロキョロと見回しながら言う。

「久しぶりに会ったんだろう？」

「はい」

「それなら、一緒にお茶でもすれば」

「いえ！　大丈夫です！」

「美雪？」

恭祐さんの話の腰を折り、強く拒絶した私を見て彼は目を丸くした。

それに気がついた私は、出口を指差してごまかすように無理矢理笑う。

「久しぶりに人混みに来て、疲れてしまったみたいです。お屋敷に戻りたいです」

「……」

何か言いたげな恭祐さんの顔を見て申し訳なさを感じたが、今はもう一刻も早くここから立ち去りたかった。

再び仁美ちゃんに声をかけられたら……。もし、このショッピングモールに幹久さんがいたら……恐ろしい現実から逃げることができなくなってしまう。

私の顔色が、悪くなっているのだろう。恭祐さんは、心底心配してくれているようだ。

「大丈夫か、美雪」

「はい。せっかく連れてきてくださったのに、スミマセン」

「いや、そんなことはどうでもいい。じゃあ、帰ろう」

「あ！」

いきなり彼が手首を掴んできた。ビックリして驚きの声を上げてしまうと、彼はどこか照れた様子でそっぽを向く。

「今日は人が多い。迷子になるぞ」

「……なりません、大丈夫です」

口では突っ張ってみせる私に視線を戻し、彼は手首ではなくしっかりと手を繋いできた。

「離すなよ、美雪」

「き、恭祐さん？」

手から伝わる熱。いつもならドキドキしていたはずだ。今だって、恭祐さんと一緒にいて幸せなことには変わりない。けれど、どうしても幹久さんのことが気になってしまう。

せっかく気分転換にとショッピングモールに連れてきてもらったのに、一時間ほどで帰路につくことになってしまった。申し訳なく思うのだが、今の私は平静でいられない。幹久さんの包囲網が狭まってきている。そんな気がして無性に怖い。

ハンドルを握る恭祐さんを盗み見る。何も言わずに私の手を引っ張ってモールを出ると、駐車場に停《と》めてあった車に乗るようにと私を促《うなが》してきた。そのあとは何も言わず、何も聞かずに、ただ運転を続けてくれている。

いきなり私の態度が一変したことについて、彼は腑に落ちていないだろう。

私の口から色々と聞きたいと思っているかもしれない。それでも、何も聞かずにいてくれることがありがたい。

一方で、これ以上は彼に心配を掛けられないことをひしひしと感じている。

私が一人のときに仁美ちゃんは声をかけてきたが、もしかしたら恭祐さんと一緒にいるところを目撃していた可能性もないとは言いきれない。そうしたら、私が今どこにいるのか。誰と一緒にいるのか、幹久さんに伝わってしまうかもしれないのだ。

こうなってしまった以上、恭祐さんたちにこれ以上は迷惑を掛けられないだろう。

（全部、話そう……）

入社辞退の件と義兄の異常なまでの執着心。それは一本の線で繋がっているのかもしれないということを。そうだったとしたら、幹久さんがシャルールドリンクに何かしてくる可能性は捨てきれないのだ。

ギュッとワンピースを握りしめ、前を向いた。すべてを話して、篁家のお屋敷から出て行く。その覚悟を決め、流れる車窓の景色を見つめた。

「え……」

ふと気がつくと、視界がぼやけている。

うとうとしていたことに気がついた私だったが、ボーッとしていて視点が定まらない。どうやら車に揺られているうちに眠ってしまっていたようだ。久しぶりに人混みに行ったこと、そして仁美ちゃんに会い、ダメージを受けたことにより疲れてしまったからだろうか。

しかし、様子が変だ。寝ぼけている自分を早く覚醒させようと目を擦《こす》る。

お屋敷に戻るために、恭祐さんが運転する車に揺られていたはず。それなのに、なぜか宙を浮いているように感じる。ハッと我に返って目を見開くと、恭祐さんが私を横抱きにしていた。

「え？　え？　恭祐さん？」

「ああ、起きたか」

「起きました。ですから、下ろしてください！」

この屋敷に担《かつ》ぎ込まれた日にも、彼に抱き上げられたことがある。

だが、あのときは病人だからという理由があった。しかし、今は抱き上げられる理由はない。

下ろしてください、と何度か言ったのだが、彼は言うことを聞かず、そのまま屋敷の中へと入っていく。彼が向かう先は、どうやら私が使っているゲストルームのようだ。

まさか、そこまで彼に抱き上げられたままなのか。

彼の体温を肌に感じ、そして至近距離には眉目秀麗《びもくしゅうれい》な顔。それも、相手はつい先日好きだと認識したばかりの男性だ。ドキドキせずにはいられない。

心臓がどうにかなってしまいそうだから「下ろしてほしい」とお願いしているのに、彼は前を向いたまま足を止める様子を見せない。

「俺が部屋まで連れて行くから寝ていろ」

「でも……」

「美雪のことが大事だから。俺は君が何を言ったとしても、下ろすつもりはない。だから、大人しく抱かれていろ」

私が「早く帰りたい」と言ったのは、疲れたせいではないということを、彼はわかっていて、そんなふうに言うのだろう。それでも何も聞かずに、ただ心配をしてくれる。

温かくて柔らかい気持ちを受け、心苦しくて仕方がなくなった。

「恭祐さん、私……言わなきゃいけないことがあります」

「それは今、言わないといけないことか？」

「え？」

ゲストルームの前までやってきた恭祐さんは、私を抱いたまま器用に扉を開けてベッドへと向かっていく。ゆっくりとベッドに寝かされ、私の背がシーツに触れた瞬間だった。

どうしてか、恭祐さんが覆い被さってきたのだ。そして、ゆっくりと顔が近づいてきて、額に唇が触れる。

「恭祐さん!?」

ビックリして目を見開いていると、ゆっくりと額から唇が離れていく。

私と目が合った瞬間、彼は切なそうに顔を歪《ゆが》める。そして、その大きな手のひらで頬を撫でてきた。

これでもかと鼓動が早まっていく中、彼は苦しそうに沈鬱《ちんうつ》な表情を浮かべる。

「何も言わなくていい。いや、言わないでくれ」

「え？」

「君がここから消えてしまう。そんな気がして仕方がない」

「恭祐……さ、ん？」

「入社辞退の件以外にも、何かもっと大きな悩みを抱えていることには気がついていた」

眉尻を下げ、恭祐さんは私を労《いたわ》るような目で見下ろしてくる。やはり、彼は薄々と気がついていたのだ。

罪悪感が込みあげて、視線をそらす。そんな私に、彼は切なそうな声で言う。

「美雪は、ここにずっといればいい。俺が全力で守るから」

「でも……私！」

幹久さんのことを言おうとしたが、それを阻止するように彼は私の唇を奪い、そして声さえも奪ってくる。

「ん……っ！」

柔らかく温かい唇が押しつけられ、驚いて目を見開く。何度か角度を変えながら啄《ついば》むように唇を重ねられ、だんだんと目がトロンと蕩《とろ》けて熱を持つ。そして、ゆっくりと瞼《まぶた》が落ちた。

こういうことに疎いと悟ったのだろう。恭祐さんは、私が怖がらないように何度も優しく口づけを交わしてくる。

彼からの労《いたわ》りを感じるキスに、すっかり骨抜きにされてしまった。

「恭祐さ……ん」

ゆっくりと唇が離れる。ジッと見下ろしてくる彼の目は、情熱的で私を心から欲している様子がひしひしと伝わってきた。

キスをしたことに高揚しつつも、先程までの甘美な刺激を思い出して再びほしくなってしまう。

きっと、今の私は物欲しいような目をしているはずだ。初めてのくせにそんな目をしていたら、彼に幻滅されてしまうだろうか。

だが、心配をする必要はなかったようだ。恭祐さんは「もっとキスしてほしいか？」と甘く囁《ささや》いてくる。熱に浮かされたように、正直に「ほしい」と頷く。

もっともっと近くに来てほしい。触れてほしい。そう願うことに、恥じらいを覚える間もなく、再び彼の唇が甘やかな時間に私を誘ってきた。

唇の角度を変える瞬間。彼は私の耳を擽《くすぐ》るように、甘く蕩《とろ》けてしまいそうなことを囁《ささや》いてくる。

好きだ――

もっと美雪を感じたい――

愛してる――

ほしいと思っていた言葉を囁《ささや》いてきては、不安を取り除いてくれる。

自分も彼に気持ちを告げたい。だが、告げていいものかと躊躇《ちゅうちょ》してしまう。

何もかもが解決に至ったとき、私はこの屋敷から出て行く。彼への気持ちを告げたあとでは、潔《いさぎよ》く別れができなくなりそうで怖かった。

もっともっととねだるように唇を重ねるのに、本当のことを口に出せないもどかしさ。

彼の優しさに甘えて、彼に守られる生活。それは、きっと素敵な日々だろう。縋《すが》ってしまいたいと思う反面、彼に守られるだけの日々でいいのかと、もう一人の自分が抗議してくる。

彼が、一瞬の気まぐれを見せているのかもしれない。そう思うと、縋《すが》るなんてバカなことはできない気がした。

なんと言っても、これだけ素敵な男性だ。周りの女性が黙ってはいないだろう。そして、素敵な彼の隣に立つのなら、もっと大人な女性が似合うはず。私が立っていてはいけないのだ。

(だけど、今だけ……。今だけは、お願い！)

このまま、彼に何もかもを委《ゆだ》ねてしまいたい。奪ってくれるのなら、奪ってほしい。

「恭祐さん……恭祐さんっ」

好きだという気持ちを込めて名前を呼ぶと、彼は嬉しそうに目尻を下げる。

だが、すぐに真剣な面持ちになった。

「美雪」

彼は私に覆い被さったまま、耳元で囁《ささや》いてくる。私の名前を呼ぶその声は、とても甘くて、身体が疼《うず》いて息が止まりそうになる。

「何も考えるな。ただ……俺を感じていて」

「恭祐、さん」

キュッと彼の背中に手を回すと、頭を撫でてくれた。気持ちよくて、くすぐったくて。だけど、嬉しくて。彼に頭を撫でてもらうことはよくあった。だが、いつもと少しだけ違う気がした。

優しく慈しんでくれるその手に、艶《つや》っぽい何かも加えられているように思える。私の気のせいじゃないはずだ。

甘えるように自らすり寄っていくと、小さく笑われた気がした。

(笑われてもいい。もっと、私を愛して――)

耳を擽《くすぐ》られ、「ヒャンッ!」と甘えた甲高い声が出てしまう。

恥ずかしくて口を手で押さえたのだが、それを低く艶《つや》ある声で咎《とが》められる。

「口から手を外して」

「だ、だって……恥ずかしい声が出ちゃいます」

首をフルフルと横に振ると、彼は覆い被さったままで囁《ささや》く。

「恥ずかしい声じゃない」

「え？」

「かわいい声、の間違いだ」

「っ！」

「もっと、かわいい声を聞かせてくれ。俺だけに」

「っふぁ……！」

ペロリと耳を舐められた。その瞬間、下腹部が淫《みだ》らに震えてしまう。

こんなにお腹が切なくキュンとしたことなんてない。エッチな気分になってきている自分が信じられなくもあり、そんな淫《みだ》らな気分にさせてくるのは恭祐さんなのだから仕方がないと腑に落ちる自分もいる。

彼の舌が耳から下へと辿っていき、首筋を舐めてきた。ゾクゾクとした快感が身体中を巡り、嬌《きょう》声《せい》を上げてしまう。

知識だけはあったが、女性の身体はこんなに淫《みだ》らな反応をするのだと初めて知る。

「つや……！」

身を捩《よじ》らせて、彼からの愛撫を抵抗した。

本当はもっとしてほしい。だけど、こんなふうに甘く蕩《とろ》かされてしまったら、いらないと彼に言われても縋《すが》りたくなってしまうだろう。それが怖い。

私の反応にハッと息を呑《の》んだ様子を見せた恭祐さんが、ゆっくりと離れていく。

彼の体温がなくなってしまう。それが無性に寂しくて辛くて手を伸ばしたくなった。

だが、彼の言葉を聞いて身体が硬直してしまう。

「悪い……」

「え？」

幸せな夢から覚めるのには、充分すぎるほど残酷な言葉だ。

やっぱり、彼の気まぐれだったのだ。好き、愛している、そんな言葉はその場しのぎだった。

それを思い知り、言いようもない悲しみが襲う。

私も好きです。そう言わなくてよかった。ホッとした反面、気持ちを打ち明けることもできないのかと嘆きたくなる。

私はのろのろと身体を起こしたあと、少しの距離を置いて彼の隣に座る。

先程まではあんなにくっついていたのに、今は触れることができない。それが、恭祐さんと私の本来の距離感なのだと気がつき、頭を垂れた。今までのような関係ではいられないだろう。それを悟るのに充分な距離だった。

彼はグシャグシャと自身の髪を乱しながら、どこか平静を取り繕《つくろ》うとしている。

私に手を出したことが気まずいのだろう。彼の様子を見て確信し、チクンと胸の奥が痛んだ。

小さく息を吐き出したあと、恭祐さんは冷静な声で聞いてくる。

「美雪、話したいことがあるんだろう」

「え？」

「俺が……阻止してしまったからな。すまない」

「……」

「さっき言おうとしたことを、話してくれないか？」

私が口を割らなかった理由。それを聞いたら、私がいなくなりそうで怖い。

そんなふうに言っていたのに、聞いてくるなんて……

（でも、それならどうして……？　そんな切なそうな目で私を見るの？）

ギュッと胸が締めつけられそうなほど、辛そうにしている彼から目が離せない。

なんでもないです、では逃げられないだろう。元はと言えば、私が彼に切り出した話だ。

何も考えられないほどショックを受けていた私は、プリーツに皺がつくことも考えずキュッとワンピースを握りしめた。

「もしかしたら、入社辞退の件。私の義兄の仕業かもしれません。もっと早くに言うべきだと思ったんですけど。入社辞退の電話は女性から入ったみたいだし、義兄だと断定できなくて」

「……そうか」

「驚かないんですか？」

冷静に返事をしてきたことが不思議で、横にいる彼に視線を向ける。すると、腕組みをしつつこちらを見てきた。

「予想はしていた」

「え？」

「考えてもみろ。新しい家族と折り合いが悪くて、実家に帰ることができないということは、美雪が会いたくないと思っている人物が絡んでいるんじゃないかと思うだろう。それに、美雪が言いづらかった理由もわかっている。もし、その義兄が入社辞退に関与していたとしたら、ご両親の関係が拗《こじ》れるかもしれない。それを恐れていた。違うか？」

「……違わない、です」

力なく頷いたあと、恭祐さんから視線をそらして自分の足元を見つめた。

「義兄とは、両親が再婚する前から知り合いでした。バイトをしていたファミレスの常連客で……。それで、あの……」

言いづらそうにしていると、彼は察してくれたようだ。

「美雪にアプローチをかけてきた。そういうことか？」

「はい、でも断ったんです。当時は男性と付き合うなんて考えたこともなかったし、なにより就活もありましたから。恋は就職してからだと思っていたんです」

だけど、と呟いたあと、幹久さんの顔を思い出してしまって次が告げられなくなってしまった。

身体が震えてしまう。この二年で、幹久さんから少しずつ植え付けられていた好意という名の恐怖。最初こそ好意だと疑わなかったが、それらはすべて序章に過ぎなかったのではないかと、入社式の朝にようやく予感したのだ。

もし、私の予感が当たっていたらどうしよう。そう考えると、怖くて仕方がなかった。

自分で自分を抱いていないと、身体が震える。ただ恐怖に怯えていると、温かい腕の中に引きずり込まれた。恭祐さんが私に手を伸ばし、身体ごと抱きしめてきたのだ。

驚きつつ至近距離にあるキレイな顔を見つめると、彼はギュッと力強く私を抱き寄せる。

「恭祐さん？」

「……やっぱり、話さなくていい。大体わかったから」

「え？　で、でも」

「とにかく美雪は、俺の腕の中にいろ。いや、いてくれ……頼むから」

「……っ」

「怖い思いをさせてすまなかった。俺が全部悪い」

「なんで、恭祐さんが悪いんですか？　なんにも悪くなんてないです。むしろ、私をたくさん助けてくれて……感謝しているんです」

恭祐さんの腕の力がより強まる。痛いぐらいだ。

力を弱めてもらおうと「腕を……」と声をかけたのだが、彼は私を抱きしめたまま何かを呟いた。

「感謝なんていらない。……が、ほしいだけだ」

「え？　何か言いましたか？」

「……」

「恭祐さん？」

小さく呟いた彼の言葉は、残念ながら私の耳には届かなかった。ただ、そのあとも私が落ち着くまで抱きしめ続けてくれ、何度も何度も頭を撫でてくれる。

魔が差したのならそれでもいい。ただ、傍にいたい。傍にいさせてほしい。あと少しで、彼とは離ればなれになるのだから……

しかし、私たちがそんな切なくて甘い時間を過ごしている頃、一人の男が嘲笑《あざわら》っていたことを私たちは知らなかった。

＊　＊　＊　＊

『幹久さん？　仁美です。今メールと一緒に写真データも送ったんですけど、確認しました？　美雪、ついに発見しましたよ。ねぇ、幹久さん。私のこと褒めてくれるよね？』

「ああ、ありがとう。イイ子だね、仁美は」

『本当？　これで私、貴方の彼女になれるのよね？』

「ん？」

笑ってごまかすと、仁美はムキになってごねてきた。そんな彼女を適当に遇《あしら》いながら、写真を見つめる。

送られてきた写真は、なかなかに興味深いものだった。

美雪と一緒にいるのは、シャルールドリンクの新社長だ。いつぞやのパーティーで見かけたことがある。まさかこの男に匿《かくま》われていたとは。見つけ出せないはずだ。

だが、どうして美雪とこの男が一緒にいるのか。苛立《いらだ》ちを覚えて爪を噛んでしまう。入社式の日。すぐに家に帰ってくるとばかり思っていたのに、待てど暮らせど美雪が帰ってくる様子がなかった。

美雪の父親に彼女の居場所を聞けば、『会社の同僚が美雪とシェアハウスしたいと言っているみたいでね。お試しで住んでみることにしたようだよ。美雪を信用しているから、彼女にすべて任せるつもりだよ』と、なんとも暢気《のんき》な答えが返ってきて、彼を蹴り上げてしまいたくなるほどだった。

しかし、詮索すれば不審がられるので聞くに聞けない。

美雪の居場所を特定できるものが何一つ見つからずにイライラしていたのだが、まさかこんなことになっていようとは。

我慢の限界でメールを送信した日以降、ブロックされたようでメールが届かない。ついでに、着信拒否もされていて繋がらなかった。

苛立《いらだ》ちがピークに達していたが、これで美雪の居場所は掴んだ。

あとは罠を仕掛けておびき寄せ、二度と僕の腕から逃げられなくすればいい。

『ねぇ、幹久さん。聞いている？』

ギャンギャンとうるさい女だ。携帯から耳を離し、顔をしかめた。そろそろ彼女は身の程を知るべきだろう。世界一かわいい美雪の足元にも及ばないということを。

僕は抑えきれない笑いを零しながら、電話口の仁美に言う。

「何を言っているのかな？　仁美。僕が欲しているのは美雪であって、君じゃない。そんなことぐらい、初めからわかっていただろう？」

『何を言っているの？　貴方が言ったのよ？　美雪を陥《おとしい》れて、入社できなくなったら私と付き合ってくれるって』

金切り声がうるさい。さっさと電話を切ってしまいたいが、まだ彼女の利用価値は残されている。もう少し泳がせておこうか。クスクスと声を出して笑いながら、縋《すが》るようにあれこれ言ってくる彼女を黙らせる。

「何かの間違いじゃないかな？　僕が愛しているのは美雪だけ。君は美雪の友達。それだけの存在だろう？」

『そ、そんな……！』

悲痛を与えたあと、希望を持たせる。愚かな人間をうまく使う常套《じょうとう》手段だ。

口角を上げ、絶望の淵に立たされた仁美に手を差し伸べるふりをする。

「じゃあ、最後のチャンスをあげる」

『チャンス……？』

「そう、チャンスだよ。あのね――」

彼女が息を呑《の》んだのがわかる。そして、まかれた餌に食いついてきた。

『わかったわ。やる！』

「そう、ありがとう。頼りにしているよ」

それだけ言うと、何か言っている様子の彼女を無視して通話を切る。

建設が遅れていたマンションだったが、ようやく完成して越してくることができた。

ここは、美雪と暮らすために買ったマンションだ。ようやく我々の愛の巣の準備が整った。あとは、ここに彼女を連れてくるのみ。

「僕と美雪は、出会ったときから結ばれる運命なんだ。早く、美雪をこのマンションで愛したいな」

誰もいない広いリビングに笑い声が響く。そして、テーブルいっぱいに置いてある美雪の写真を見て昏《くら》くほほ笑む。

「さぁて、ゲームの始まりだよ。美雪」

僕は写真を一枚手に取り、チュッと口づけをした。

7

「美雪さん。では、出かけてきますね」

「はい、おじ様。いってらっしゃい」

「遅くなると思いますから、先に休んでいてくださいね。出迎えも不要ですよ」

「わかりました、大丈夫です」

何度この会話を繰り返したことだろう。それなのに、おじ様は玄関先でずっと私を案じている。

先週の土曜日に、義兄である幹久さんの件を恭祐さんに話したからだろう。彼は、上司であるおじ様の耳にすぐさま入れたはずだ。だからこそ、おじ様はこんなにまで私を心配しているのだろう。

あれから一週間が経っても、彼らの心配は尽きないようだ。

今日は夕方から、篁ホールディングスのグループ会社創立記念パーティーが催されることになっている。もちろん、そのパーティーには、シャルールドリンク社長であるおじ様は出席することになっていた。そして、彼の秘書である恭祐さんも同行する。

渋々といった様子で玄関を出て行くおじ様を見送ったのだが、恭祐さんが動こうとしない。

今日の彼は少々ドレッシーな装いだ。胸ポケットからチラリと見せているハンカチーフも素敵だし、ネクタイやワイシャツ、カフスボタンもセンスがいい物で揃えてある。

「えっと、どうかされましたか？」

「……美雪」

「はい」

恭祐さんはカツカツと革靴の音を立て、私に近づいてくる。いつも以上に魅惑的な彼にときめいてしまうが、それ以上に胸の鼓動が速まってしまう理由がある。それは——

「美雪、大人しくイイ子にしていてくれ。いいな？　言うことが聞けるな？」

「……わかっていますよ」

本当か、と聞きながら腰をわざわざ折ってまで顔を覗き込まないでほしい。サッと頬に赤みが増した私を見て、彼はとても煽情的《せんじょうてき》にほほ笑んでくる。ベッドに押し倒されたあの日から、なぜか彼は私をとにかく甘やかそうとしてくるのだ。

彼は、あのとき「悪い」と言って私を拒んだ。あの行為を、後悔していたはず。別に私のことを好きで押し倒した訳ではない。ただ、場の雰囲気に流されただけ。それだけのはずなのに、どうしてこうも私の心を弄《もてあそ》ぶかのように接近してくるのだろう。

できれば放っておいてほしい。それが、私のなけなしのプライドだ。それなのに、彼は……出掛けにいつもおじ様の目を盗んで私に近づき、そして――

「っふ……ん」

この玄関に二人だけしかいないのをいいことに、恭祐さんはキスをしてくるようになった。腰砕けになってしまうほど濃厚なキスを仕掛けてくるのだから堪《たま》らない。

「おっと、大丈夫か？」

「心配するなら……、しないでください」

その場に崩れ落ちそうになった私を、余裕綽々《よゆうしゃくしゃく》な様子で助ける彼を睨《にら》みつける。

怒っています、と全身でアピールするのだが、どうやら彼には私の気持ちなど届いていないらしい。いや、届いていたとしても無視をしている様子さえ感じる。

チュッと目元に唇を押しつけられ、再び身体が甘く疼《うず》いてしまう。ガクガクと震えている足でなんとか踏ん張り、彼の腕から抜け出た。顔を真っ赤にして悪態をついたとしても、きっと彼は痛くも痒くもないはず。それがまた悔しくて、切なくて……色々な感情がごちゃ混ぜになってしまい心が苦しくなる。

「大人なキス、そろそろ慣れたらどうだ？」

「慣れるも、何も……」

「ん？」

私を見つめる彼を無視して、外を指差す。

「おじ様がお待ちですよ？　早く行かないとパーティーに遅刻してしまいます」

そっぽを向いて言ったのだが、何も返事がない。チラリと彼の方を向くと、そこには柔らかい表情で私を見つめている恭祐さんがいた。愛おしい、そんな感情を向けられているのではないかと勘違いしてしまいそうだ。

慌てて視線をそらすと、こちらもいつものように私の頭に触れてくる。クシャッと髪を乱しながら撫でたあと、「行ってくる」とだけ言って玄関を去って行った。すぐに車のエンジン音が聞こえ、だんだんとその音は遠くへと消えていき、辺りは静まり返る。

ようやく緊張の糸が切れ、へなへなとその場にしゃがみ込んでしまった。

「本当、勘弁してほしいです」

唇から熱を与えられたように、身体中が熱い。彼の熱が移ったのかと思うほどだ。

恭祐さんからこうしてキスをされることは、一日のうちに何度もある。出掛けはもちろん、おじ様の目を盗んで何度も啄《ついば》んでくるのだ。

彼は、私に愛を囁《ささや》いたことを後悔しているはず。だからこそ、あのとき私のすべてを奪おうとはしなかったのだ。

「悪い」と言って中断したのは、我に返ったからだったのだろう。魔が差した。そんなふうに思ったはずだ。それなのに、こうしてキスをしてくるのはどうしてなのか。愛してる、という言葉に嘘偽りはなかったのかも、と都合よく考えてしまう。だからこそ、彼からのキスを拒めないのだ。

唇だけじゃなく、心も求めてほしい。雰囲気に流されたからこそ出た彼からの「好きだ」という言葉。あれを誠にして、心を込めて囁《ささや》いてほしい。そんな願望が頭の片隅にあるからだろう。彼の手を拒むことができないのだ。愛されているのでは、と期待してしまう自分がいる。そんなことはないのに、どこかで願ってしまうのだ。

いつまでもそのことを考えていては手が止まるので、家事をしながら別のことに思考を回す。

幹久さんのことを告げてから少し経つが、調査の進展があったかどうかは聞いてはいない。どうなっているのかは、とても気になる。だが、調査が順調に進んで問題が解決されれば、私はこの屋敷を出て行かなければならない。それを、少しでも引き延ばしたいと思ってしまう。恭祐さんが好きだから。少しでも傍にいたい。そう願ってしまうからだ。

とはいえ、寿子さんは現在働くことができない状況。もし、おじ様たちがＯＫを出してくれるなら、彼女が復帰するまでは当分の間家政婦として屋敷に置いてもらうことになるとは思うけれど。

今日は土曜日だ。おじ様たちはパーティーに出席するということで、夕飯作りは必要ない。のんびり過ごせそうである。

寿子さんが復帰してくるまでは、何も考えずにいたい。そう思う時点で、結局逃げているのかもしれない。現実から目をそらしても、結局はいずれ自分に返ってくるというのに。盛大にため息を零したとしても、現状は何も変わらない。

結局はそうやって堂々巡りの思考を重ねるうちに時は過ぎる。早めの夕ご飯を簡単に済ませたあと、自室のベッドにゆっくりと横になった。そして、ジーンズのポケットから携帯を取り出して電源を入れる。常には電源を入れておらず、夜にメールチェックだけはするようにしているからだ。幹久さんからの電話もメールも届かないように設定しているので、携帯を起動する際に怯えなくていい。それはわかっているのだが、なんだか今日は胸騒ぎがする。一通りメールチェックを済ませて携帯の電源を落とそうとした、そのとき——

「え？」

ブルブルと携帯が震えて、着信を知らせてきた。ディスプレイに浮かび上がった文字を見て、ドクンと胸が嫌な音を立てる。仁美ちゃんからの電話のようだ。この前メールをしてほしいと言われたのに、しなかったから痺《しび》れを切らしたのだろうか。それとも、幹久さんから何か言われたからなのか。

一度は切れた電話だが、すぐに再び鳴り出す。だからこそ、ますます胸騒ぎを覚える。出たくない。そのまま出ない選択をして電話を切ってしまおう。そう考えたが、良心が咎《とが》める。小さく息を吐き出したあと、ディスプレイをタップして電話に出た。

「もしもし、仁美ちゃん？」

『ああ、よかった！　やっと繋がった！』

彼女の声は、どこか慌てふためいていて動揺しているようにも思えた。

「どうしたの？　仁美ちゃん。何かあった？」

『あのね、美雪。落ち着いて聞いてね』

落ち着いて、と言っている仁美ちゃんが一番落ち着いていていない。なんとか彼女を宥《なだ》め、話を促《うなが》す。

『美雪のお父さん、倒れたんだって』

「え……？」

力が抜けて携帯を落としそうになる。だが、手にグッと力を入れて彼女の言葉に耳を傾けた。

『美雪、幹久さんを着信拒否してるんだって？　どうしても美雪に伝えたいのに連絡がつかないって言って、幹久さんから私の方に電話がかかってきたの。私から美雪に連絡をつけてくれないかって頼まれて』

「っ！」

頭の中は真っ白だ。パニックに陥《おちい》りそうになる私に、仁美ちゃんは『しっかりしなさいよ！』といつもの調子で活を入れてくる。

『とにかく落ち着いて、美雪』

「う、うん……」

『よし、じゃあ今から実家に戻ってあげて。入院の準備をしたいらしいんだけど、幹久さんにはどこに何があるのかわからないんだって』

「えっと、お義母さんは？」

『それが今、仕事で海外に行っていて連絡がつかないらしいのよ。それで、保険証がどこにあるのか皆目《かいもく》見当がつかないんだって。それに、入院の準備もままならないらしいわ』

幹久さんは実家にいるのだろう。いや、彼しかいない状況だ。できれば行きたくない。だが、父の一大事だ。どんな容態なのかも全くわからない今、なんとしても父の様子を知りたい。

緊急事態だ。さすがに幹久さんだって、何かしてくるなんてことはないだろう。

それに最近、彼に対しての考えを改めなくてはいけないと思っていたところだ。逃げ回っていたって、何も問題は解決しない。まずは、彼に聞かなければならない。私の入社を阻《はば》んでいたのかどうか、それを問い詰めるべきだ。そして、もし、彼の仕業だったとしたら、どうしてそんなことをしたのか。冷静に話し合う必要がある。

(逃げていいちゃダメだ。ずっと怯えたままなんてイヤだもの)

今回のことを、父と義母にも話して家族で相談した方がいい。幹久さんとのことで、父と義母の関係が悪くなったらどうしようという恐れは今もある。だが、父のことだ。ずっと私が隠し事をしていたという事実を知ったら、それはそれでショックを受けるだろうし悲しむだろう。

まずは、一歩を踏み出す。そのためには、実家に行って幹久さんと対峙《たいじ》した方がいい。なにより、幹久さんしか父の病状を知らないのだから、なんとしても彼に会わなければならないだろう。

腹は決まった。携帯を握り直し、仁美ちゃんに言う。

「わかった。今から実家に戻るね。連絡してくれてありがとう、仁美ちゃん」

『いいよ、いいよ。私と美雪の仲でしょ?』

「うん……ありがとう。じゃあ、私、行ってくるね」

ショッピングモールで久しぶりに再会したとき、仁美ちゃんに素っ気ない態度を取ってしまった。

幹久さんと繋がっているかもしれないと疑ったからだ。そのときのことを思い出し、苦い気持ちになる。

落ち着いたら彼女に謝罪をしよう。そう誓いながら、まずは恭祐さんに電話をかけようとして手を止めた。

一人で外に出ては行けない。恭祐さんにもおじ様にも固く約束させられている。そのことを思い出して、実家に帰ることを躊躇《ちゅうちょ》してしまう。だが、父と二度と会えなくなる可能性がある今、グズグズしていられない。

再び恭祐さんに連絡を取ろうかと思ったが、パーティーの最中だろう。電話をかけたとしても出てくれるとは思えないし、仕事中であるのに連絡するのは気が引ける。そこで思い立ったのは、第二秘書をしている矢上さんだ。彼女に連絡をして指示を仰いだ方がいいだろう。そう思って連絡をするのだが、出てくれない。

こうなったら仕方がない。父が倒れてしまったこと、実家に入院準備をしに行く旨を矢上さんにメールで送った。彼女がメールをチェックしてくれることを祈りつつ、タクシーを呼んで飛び乗る。

ようやく実家前に着いたときには、すっかり日も暮れて辺りは真っ暗になっていた。

自宅には明かりがついており、恐らく幹久さんが中にいるのだと思う。

足が竦《すく》む。家に入りたくはない。だが、事は一刻を争う。彼に聞けば、父がどの病院に入院したのか、病名は何なのか、そして容態はどうなのかを聞くことができる。

私は意を決して、自宅のインターフォンを押した。

＊　＊　＊　＊

「これはこれは、篁社長。先日はありがとうございました」

にこやかに声をかけてきたのは、新製品のパッケージデザインを頼んだデザイン会社の女社長だ。

彼女は、美雪の義母に当たる人物である。いくつかの会社でコンペを行い、見事彼女の会社が勝ち抜いたのだ。

そこのトップデザイナーが、美雪の義兄である秋月幹久。仕事はデキる男らしく、人当たりもいい。だからこそ、胡散臭さも感じてしまう。もっとも、俺が直接秋月と会うことは控えたため、この情報はすべて高村からもたらされたものだ。

美雪は、ショッピングモールで会った仁美という幼なじみから情報が流れて俺のことを嗅ぎつけられたかもしれないと杞憂していた。二人一緒の姿をカメラで撮られている可能性だってなきにしもあらず。だからこそ、下手に姿を現さない方が敵に刺激を与えずに済むだろうと判断したのだ。

三枝社長は社交辞令の挨拶を終えたあと、茶目っ気たっぷりの顔をして小声で言った。

「実は、うちの娘が篁社長のところでお世話になっているんですよ。今春入社させていただいたばかりなので、篁社長はご存じないかと思いますが」

うふふ、ととても嬉しそうに笑って目尻に皺を寄せる。

美雪をかわいがっているのだろう。嬉しそうに美雪のことを話す彼女が印象的だ。こんな義母だからこそ、美雪は心配をかけたくないと思ったのだろう。そして、再婚した両親の関係が波立つようなことにはしたくないと一人で悩んでいたはずだ。美雪の優しさが、とても切なく感じる。

にこやかに三枝社長にほほ笑むと、彼女は親としての顔で言った。

「義理の娘になるんですけど、とっても頑張り屋なんです。頑張りすぎちゃうところがあるのが心配で……義娘《ぎじょう》の父親もずっと心配しておりまして」

美雪が入社したと思い込んでいる二人は、なかなか実家に戻ってこない娘を心配しているのだろう。あくまでこっそりと、三枝社長は頭を下げる。

「スミマセン、親バカなもので。どうぞ、娘をよろしくお願いいたします」

この様子を見る限り、義母との関係は良好そうだ。やはり、美雪が危惧している人物、義兄である秋月幹久がますます怪しく感じた。品行方正で誰からも好かれる男。だからこそ、薄ら寒さを覚える。

挨拶回りが終わったので早めに退散しようかと思っていると、矢上が青ざめた様子で俺の元に飛んできた。彼女は夫のパートナーとしてパーティーに出席していたのだが、どうしたのだろうか。

「社長！　美雪ちゃんから連絡は？」

「美雪？　いや、特にないが」

慌ててスーツのポケットに忍ばせておいた携帯を取り出す。しかし、着信があった様子もなければ、メールも届いていない。矢上は絶望的な表情を浮かべて、唇を震わせた。

「美雪ちゃんが、実家に戻ったそうです」

「は……⁉」

思わず大きな声を出してしまい、周りがこちらを向く。だが、それらの視線には目もくれず矢上に問いかけた。

「どうして、そんなこと……！」

慌てる俺に、彼女は携帯のディスプレイを見せてくる。

「少し前に美雪ちゃんからメールが届いていました。先程お手洗いに行った際にメールをチェックしたら来ていて」

矢上に送られてきたメールを目で追う。

『矢上さん、お忙しいところスミマセン。おじ様や恭祐さんはパーティーに出席されていて電話に出ることができないと思うので、矢上さんにメールを送らせていただきました。父が倒れたと連絡が入りました。義母は海外へ出張に出掛けていて、父の入院準備ができないので実家に一度戻ります。父の様子がわかり次第、また連絡をします』

美雪は、矢上がこのパーティーに出席していないと思っている。だからこそ、彼女にこのメールを送ったのだろう。

美雪からのメールを見て、明らかにおかしいことに気づく。それは、今このパーティー会場にいる俺ならわかることだ。

「もし、美雪の父親が倒れたのならば、再婚した妻が暢気にパーティーに出席している訳がないだろう！」

「その通りですね」

高村も横に控え、厳しい表情で頷いている。

「これは、美雪をおびき寄せるための罠だ。高村！」

「すぐに車の手配をいたします」

走り出した俺に続き、高村は携帯で運転手に連絡を取りながら後ろをついてくる。

美雪からの告白を聞いたとき、彼女は義兄を思い出して身体を小刻みに震わせていた。それほど、秋月幹久という男は恐怖の塊なのだろう。

美雪から話を聞けば聞くほど、秋月は未だに美雪を諦めていないように感じた。それに彼女も気づいているからこそ、あそこまで恐怖に震えていたのだ。

美雪をなんとしてでも手に入れたいと考えている男が、社会人になり新たな世界に羽ばたいていこうとする彼女を黙って見過ごすはずがない。社会に出れば、色々な出会いもあるだろう。視野も広がる。そのとき、彼女の目に映るのは……秋月ではない。それがわかっていたからこそ、彼は美雪が外に飛び立とうとするのを阻止した。

美雪と同じ屋根の下で暮らしていた彼にはできるはずだ。美雪の携帯を持ち出すことも、メールを送ることも。そして、彼女に少しずつ少しずつ即効性のない執着心という毒を盛り込み、恐怖という包囲網で身動きを取れなくさせることも――

入社辞退の申し出が、女性からの電話だった点など、今回の黒幕だと言い切れない部分もあるが、かなりの確率で秋月が犯人だろうし、彼が美雪を捕らえたいと思っていることは確かだ。

入社式の日、最初こそは順調に進み、彼は高笑いをしていたんじゃないだろうか。

入社できず悲しみにくれるであろう美雪。そんな彼女を優しく包み込み、計画的に自分のモノにする。

しかし、最後に大きな誤算があった。美雪を助け出す人物――俺たちがいたことだ。

どれほど歯痒い思いをしただろう。ずっとほしかった珠玉《しゅぎょく》を手に入れる見通しがついたときに、横からかっ攫われたことを。

溜まりに溜まった鬱憤は、巨大なエネルギーとなる。美雪が危ない。

「無事でいてくれ……美雪」

車に乗り込み、向かう先は彼女の実家だ。

数時間前、恥ずかしそうに頬を赤らめた彼女を抱きしめた自分の手をじっと見つめる。

ギュッと力の限り握りしめ、とにかく間に合ってくれと苛立《いらだ》ちと不安を背中合わせにしながら祈った。

8

インターフォンを押すと、玄関の扉を開けたのは義兄である幹久さんだった。

「幹久さん、ただいま帰りました」

「おかえり、美雪。元気にしていたかい？」

「はい……。おかげさまで」

私に注がれる幹久さんからの視線が痛く、怖い。それを紛《まぎ》らわせるように、話を変えた。

「えっと、お父さんの容態は？」

今は、とにかく父のことが知りたかった。青ざめた顔のまま靴も脱がずに聞くと、彼は苦笑いを浮かべる。

「立ち話もなんだから、とにかく上がりなよ」

スリッパを差し出しながら彼は家に上がれと促《うなが》してくる。しかし、私としてはすぐに父の容態を知りたい。のんびり聞く余裕はなかった。そんな私を見て、彼は肩を竦《すく》める。

「そんなところに突っ立っていたんじゃ、入院の準備をしてもらえないだろう？」

「……あ、そうですね」

確かにその通りだ。口ごもると、彼は柔らかい表情を向けてくる。

「それに、ここは美雪の実家。何を気兼ねしているの？　僕なんて、いわば赤の他人なんだから。そんな僕が堂々としているのに、美雪が遠慮するのはおかしいよ」

困った様子でクスクスと笑う幹久さんには、入社式の朝のような異様な雰囲気を感じない。もしかしたら、何もかもが私の勘違いだったのだろうか。彼は、この件には無関係という可能性が出てきた。そんなことを考えていると、痺《しび》れを切らしたように私を促《うなが》してくる。

「ほら、美雪上がって。早くお義父さんの荷物を纏《まと》めなくちゃいけないんだ」

自分の腕時計を見せて、トントンと指で叩いて示してくる。

「面会時間は過ぎているんだけど、荷物だけは看護師さんが受け取ってくれるって言われているんだよ。早くしないと、病院側に申し訳ないから」

もうすぐ八時を回ろうとしている。確かに面会時間は終わっているだろう。病院側に迷惑がかかると言われてしまったら、早く準備をしなければならない。私は彼に促《うなが》されるがまま、パンプスを脱いで家に上がった。そんな私に背を向けて、彼は歩きながら話しかけてくる。

「忙しいときに呼び出したりしてごめんな、美雪。会社に入ったばかりで疲れているだろう？」

「え、えっと……ううん、大丈夫です」

そこで、首を傾《かし》げる。彼は、私がシャルールドリンクに入社していると思っている様子だ。

ということは、入社を阻《はば》んだ人物ではないということなのか。

入社式の朝、幹久さんは私の身体を労《いたわ》って「すぐに帰っておいで」と言っただけだったのかもしれない。全部、勘違いだったのだろうか。いやでも、時折感じていた執着心を滲《にじ》ませた目は……私の気のせいじゃなかったはず。それに以前送られてきたメールは、確かに異様な雰囲気を感じたのだが……

考え込んでいると、彼は困ったように話しかけてきた。

「母さんならどこに何があるのかわかっているはずだから準備をお願いしたかったんだけど、昨日から商談で海外に行っていて日本にはすぐに戻れない状況なんだ」

「そう、なんですね」

「そこで僕が荷物を纏《まと》めようとしたんだけど、どこに何があるのかさっぱりわからなくて」

それも仕方がないだろう。この家に住んでいるとはいえ、父の所有物のありかなどわからないはずだ。

「わかる物だけは、こうして引っ張り出してみたんだけどね……」

明かりがついているリビングに足を踏み入れると、そこにはボストンバッグが一つ置かれており、その周りはかき集めた物で散乱している。

実のところ、もしかしたら父が倒れたというのは嘘で私をおびき寄せるための罠なのではと脳裏《のうり》によぎったことも事実。だが、こうして入院準備をしているということは、父が病院に担《かつ》ぎ込まれたというのは本当なのだろう。罠もイヤだが、父が病院に担《かつ》ぎ込まれた事実の方がイヤだ。私は震える唇で、幹久さんに聞く。

「お父さんは、無事なんですか？」

「明日手術をすることが決まっている」

「え！」

手術なんて大事《おおごと》だ。今、父は大変な状況になっているのではないだろうか。

真っ青になっていると、彼は労《いたわ》るように見つめてくる。

「お義父さん、虫垂炎《ちゅうすいえん》だって。最初は薬で様子を見る予定だったらしいけど、思ったより酷《ひど》い状態だったみたいで手術することになったらしい」

「……大丈夫、なんですよね？」

身体が震える。慌てて手を握りしめて恐怖に耐えていると、彼はゆっくりと頷いた。
「病院に担《かつ》ぎ込まれたって聞いて心配して駆けつけたんだけど、思ったより元気そうだったから
ホッとしたよ。薬を投与したあとだったみたいで、落ち着いていた。手術もさほど難しいものでは
ないからって医者にも言われたし」
息を呑《の》んで話を聞いていたが、聞き終わった瞬間、安堵のあまりその場にしゃがみ込んでしまう。
「よかった……。よかった、お父さん」
手術は手術だ。まだまだ安心はできない。だけど、最悪な状況も覚悟していたので、ホッとしす
ぎて涙がポロポロと零れ落ちてしまった。
すると、タオルを差し出される。え、と驚いて顔を上げると、幹久さんが慈愛溢れる笑みを浮か
べていた。
「ほら、涙を拭《ふ》いて。今から病院に行ってもお義父さんには会えないけど、それでも美雪が泣いて
心配していたって知ったら悲しがるよ」
「はい、そうですよね」
ありがとうございます、と彼からタオルを受け取り、涙を拭《ふ》く。
ようやく落ち着いた私を見て、彼は申し訳なさそうにボストンバッグを指差した。
「早速で悪いんだけど、荷造り手伝ってくれるかな？　病院で入院準備の詳細をもらってきたんだ
けど、この家にありそう？」
「えっと、そうですね……」

書類を覗き込み、チェックしながらバッグへと詰め込んでいく。

必要な物は、とりあえず家にある物で間に合いそうだ。

「あとは保険証ですね」

父の部屋に行き保険証を持ち出し、それもバッグに入れ込む。これで入院準備はすべて揃っただろう。

「じゃあ、これで病院に行けますね」

「そうだね。向かおうか」

ボストンバッグを持って立ち上がった幹久さんに続き、私も腰を上げる。

靴を履き終え「さぁ、行こうか」と扉を開けようとしたときに、インターフォンのチャイムが鳴り響いた。

父も義母も、この家に今日は戻れない。それなら一体、誰だろうか。幹久さんと顔を見合わせて首を傾《かし》げる。どうやら彼も訪問者が誰なのか見当がつかないようだ。

「お隣さんが回覧板を持ってきてくれたのかな？」

それなら、と「はーい」と返事をして扉を開けた。玄関を出て五メートルほど先に、我が家の門《もん》扉《ぴ》がある。

それを開けて立っていたのは近隣住民ではなく、幼なじみである仁美ちゃんだった。

彼女の実家付近で暮らしていたときには、よく父と私が住んでいたマンションへと遊びに来ていた。だが、ここに移り住んでからは初めてだ。もちろん住所は教えてあるので、彼女はここまで来ることができたのだろう。しかし、なぜこんなタイミングで彼女がやってきたのか。それも疑問だが、鬼気迫るような危うさも感じられて胸騒ぎがする。

今回、父が倒れたと私に連絡をしてくれたのは彼女だ。心配して、我が家にやって来てくれたのだろうか。

「どうしたの、仁美ちゃん」

声をかけたのだが、返事がない。ただ、俯《うつむ》き加減でブツブツと小声で何かを言っている。

「仁美ちゃん？」

彼女に駆け寄ろうとしたのだが、幹久さんが私の肩を強引に掴んで止めてきた。

「ちょっと待って、美雪」

「え？」

「あの女に、近づかない方がいい」

「どういう――」

幹久さんに問いかけようとした。だが、質問の声は仁美ちゃんの声で掻《か》き消される。

「ねぇ、幹久さん。美雪とどこへ行くつもり？」

彼女の声は低く、いつもの華やいだ声とはほど遠い。唖然《あぜん》としている私には目もくれず、彼女はただ幹久さんを見つめ続けている。

尋常じゃない様子の彼女を見て眉を曇《くも》らせた幹久さんは、冷静な口調で話しかけた。

「どこに行くって……。決まっているだろう？　お義父さんの病院だよ。ほら、入院準備がまだだったからね」

ボストンバッグを掲《かか》げて説明する彼に、彼女は間髪容《かんはつい》れずに言い切った。

「嘘つき」

「嘘なんかじゃ」

「嘘よ！　このまま、新しいマンションに行くつもりなんだ！」

再び幹久さんを否定した彼女は、髪を振り乱して首を横に振る。そして、幹久さんに走り寄って縋《すが》りついた。

「どうして美雪をマンションに連れて行くの？　おかしいでしょ？　だって、美雪をここに連れ出す手伝いをしたら私と付き合ってくれる約束は？」

仁美ちゃんが泣きながら、幹久さんに願いを乞《こ》うている。

何を言っているのだろう。私を連れ出す手伝いをしたら、幹久さんと付き合う約束。それは一体どういう意味なのだろう。

考える前に、身体が危険を察知して動き出した。彼の近くにいては危ない。

直感で導いた答えだったが、幹久さんに手首を掴まれてしまう。

「美雪は動いちゃだめ。僕の近くにいなくちゃ」

「幹久さ……ん？」

頭の中で警鐘《けいしょう》がひっきりなしに鳴っている。囚《とら》われてしまったら最後、もう逃げられなくなる。

そんな予感がした。

掴まれた手を振り払おうとする。だが、力強く握られていて、びくともしない。

「ダメだよ、美雪。僕は美雪にだけは優しい紳士のままでいたいんだ。だから、大人しくしているんだ。いいね？」

抵抗したかった。だが、身体が動いてくれない。恐怖のあまり声も出せなかった。

少しずつ与えられていた好意という名の毒。それらが、時は今だとばかりに私に襲いかかる。

硬直して動けないでいる私にほの昏《ぐら》くほほ笑んだあと、彼は自身に纏《まと》わり付いている仁美ちゃんを、事もあろうに蹴り飛ばした。

「どうして？　幹久さん。美雪を探し出すのも手伝ったし、こうして美雪をここに連れ出すことにも成功したんだから、私と付き合ってよ！」

絶望の色を隠せない彼女に、幹久さんは冷たく言い放つ。

「君にはチャンスをやると言っただけ。何を勘違いしているのかな？」

「だから、成功を――」

口答えしようとする彼女を、彼は嘲笑《あざわら》った。

「成功したら何かご褒美がもらえる。そんな子供だましを信用したの？」

「え？」

「君は知っているはずだよ？　僕が、どれほど美雪を愛しているかってことを」

「っ！」

「僕は美雪さえいれば、何もいらないんだ。地位も名誉も金もいらない。ただ、美雪だけいればいい」

「……っ」

「君もバカじゃないんだから、それぐらいわかっていたでしょう？」

幹久さんは私の手を強引に引き、仁美ちゃんの横を通り過ぎようとする。

しかし、彼女は急に立ち上がり、門扉《もんぴ》の前に立ち塞《ふさ》がった。

「美雪がいるから、幹久さんが私を見てくれないのよ。頼むから、私の前から消えてくれない？」

「仁美ちゃん」

考えが纏《まと》まらないし、気持ちが追いつかない。幼い頃からずっと一緒だった仁美ちゃんが、私に対して「消えてくれ」と言い放ったことがショックだ。今夜私を実家に呼び出したのは、幹久さんに命令されたからということなのか。

彼女が、幹久さんに恋心を抱いていたことにも気がつかなかった。愕然《がくぜん》としていると、彼女は私を見て鼻で笑う。

「相変わらず美雪はおめでたいわね」

「え？」

「全部、嘘よ。おじさんは慰安旅行でいないだけなんですって。病気なんて嘘、入院なんて大嘘。ついでに言うと、おばさんだって国内にいるわ。それも都内。目と鼻の先にね！」

では、私を騙《だま》すために、手間をかけて病院からの資料まで作ったというのか。

わざわざボストンバッグを出し、入院準備までしていたというのか。

私を、罠に嵌《は》めるためだけに――

そして、その悪事に荷担《かたん》していたのは、幼なじみである仁美ちゃんだったという事実に目の前が真っ白になる。

「それに、美雪。アンタ、本当はシャルールドリンクに入社できなかったんでしょ？」

「っ！」

「入れる訳がないわよ。なんて言ったって、幹久さんと私が阻止したんだから。それなのに、入社式に行ったんだって？　ウケるー！」

幹久さんが私の入社を阻止した人物ではないかと薄々感じていたが、仁美ちゃんも一緒になって私を陥《おとしい》れようとしていたとは。

確かに、女性が関わっているのではないかと匂わせる点はいくつもあった。だが、まさか彼女が共犯者だったなんて……

ショックで足元が覚束《おぼつか》ない。そんな私を薄暗く笑った仁美ちゃんは、私の知っている彼女ではなかった。

妖しげな笑みから一転、鋭い目で私を睨《にら》みつけながら、彼女はジーンズのポケットに手を突っ込む。その手は、何かを取り出そうとしていた。

警戒して息を呑《の》むと同時に、幹久さんは私を自分の背後へと押しやる。それを見た仁美ちゃんの目は、一気に赤くなったように見えた。

その時、彼女の背後から誰かがその手首を掴んだ。そして次の瞬間、そのまま彼女の手を捻《ひね》り上げた人物は、息を切らして険しい顔をしている。

暗がりだったが、すぐにその人物が誰なのかわかった。震える声で叫ぶ。

「恭祐さん！」

「美雪！　大丈夫か？」

やはり、恭祐さんだ。そこでようやく金縛りにあったように動かせなかった身体が動き、声も出るようになった。嬉しい。その感情が身体中を駆け巡り、居ても立ってもいられなくなる。

恭祐さんは視線を一瞬だけ私に向けたが、すぐさま仁美ちゃんへの拘束を強める。

「誰よ！　離しなさいよ」

抵抗する仁美ちゃんだったが、恭祐さんに力強く手首を捻《ひね》り上げられたため、手にしていた物が玉砂利の上に鈍い音を立てて落ちた。

小さなバタフライナイフだ。恭祐さんは、すかさずそれを蹴って茂みの奥に隠す。

「こんな物、人に向けるものではない。いい加減にしないか！」

怒りを抑えているような低い声だ。未だに彼は仁美ちゃんの手首を掴んでいるが、彼女は先程のようにギラギラとした目はしていなかった。あぁ、と悲痛な声が彼女の口から零れ落ちる。

絶望の色が隠せない仁美ちゃんが、幹久さんの方を見た。彼女から守ろうと私を背後に追いやった幹久さんを見て、目を大きく見開いたあとクシャと顔を歪《ゆが》める。

そして次の瞬間、彼女の頬には涙が零れ落ちていく。

「美雪のことが、そんなに大事？　私にはあんなに冷たいのに、美雪にはそんな優しさを向けるんだ？」

そのまま崩れるように地面にしゃがみ込み、視点が合わない虚ろな目から涙を幾重にも流す。

「幹久さん、私のこと見てよ……。私の方が、貴方を愛してあげられる。美雪より、ずっとずっと……愛してあげられるのに」

仁美ちゃんが声を上げて泣き出したとき、車のヘッドライトが私たちを照らしてきた。眩しくて目を開けていられない。

どうにか目をこらしてライトの方を見ると、おじ様が慌てた様子で駆け寄ってきた。そのあとに続き、警備員らしき男女が数名車から降りてこちらに駆け寄ってくる。

恭祐さんは駆け寄ってきた女性警備員に、仁美ちゃんを車に連れて行くように指示をした。立ち上がるのも困難なほど慟哭《どうこく》している彼女は、女性警備員たちに抱えられて車へ向かっていく。

それを見届けた恭祐さんは、傍らにいたおじ様に言う。

「あとは頼む」

「畏《かしこ》まりました」

おじ様は、恭《うやうや》しく恭祐さんに頭を下げた。

その様子に違和感を覚えていると、彼は幹久さんに向かって冷たく言い放った。

「痴情《ちじょう》のもつれ、というヤツか」

「……」

「あんなふうに彼女を泣かせたのは、すべて秋月幹久、お前の責任だ。彼女に対して責任を取るべきだ」

恭祐さんは厳しい表情のまま玉砂利を踏みしめ、一歩また一歩とこちらに近づいてきた。

そして、その大きな手を私に向かってゆっくりと伸ばしてくる。私はその手に触れようとしたのだが、幹久さんに力強く引っ張られてしまい、掴むことができなかった。

「彼女を離してもらおうか」

怒りに満ちた恭祐さんの声が響く。だが、幹久さんはそれに応じようとはしない。

私たちの周りを、数名の男性警備員が取り囲んでいる。幹久さんに、逃げ場はない。だが、彼に臆する様子はなく淡々としている。恭祐さんは片眉を上げたあと、幹久さんを睨《にら》みつけた。

「美雪を連れ戻しに来た。早く彼女を離せ」

静かな口調だ。しかし、だからこそ彼の怒りを感じられた。

私に向けられた言葉ではないのに、背筋が凍るほどの迫力を感じる。恭祐さんから目が離せない。

そして、彼もまた……私を見つめてくる。二人の世界を切り裂くように、幹久さんが彼に問いかけた。

「篁ホールディングスの御曹司様が、どうして我が家に？」

「え……？」

恭祐さんとおじ様のやり取りの違和感。それは、彼らの立場が逆だったからなのか。

おじ様が篁の親族だとばかり思っていたのだが、まさか恭祐さんが篁の親族、いや篁ホールディングス社長の息子だというのか。

「美雪、騙《だま》されちゃダメだぞ。あの男は、ずっと美雪に嘘をついていたんだ。シャルールドリンクの新社長は、この男。篁恭祐だ。そうだよな？　社長さん」

恭祐さんを見ると、視線が一瞬泳いだ。それを見て、幹久さんが言っていることは間違いではないと証明された。彼は、そしておじ様たちは、私に嘘をついていたのか。

考えてみれば、時々違和感を覚えてはいたのだ。彼らの立場が聞かされていたものと逆ならば、腑に落ちることがいっぱいある。

皆のことがわかっていない状況だったら、きっと憤《いきどお》っていただろう。だが、今の私に怒りはない。嘘をつかなければならない理由が、必ずあったはず。そう信じられるからだ。

幹久さんは、揺さぶりをかけたつもりのようだが、私があまり動揺を見せていないことに焦っているようだ。彼は痺《しび》れを切らしたように、恭祐さんを睨《にら》みつけて叫ぶ。

「美雪は入社できなかったはずだ。それなのに、どうして社長であるアンタが美雪を匿《かくま》っていたんだよ！　今日だって、アンタはグループ会社のパーティーに出席する予定だったはず。それなのに、なんでここにいるんだ！　あと少し……あと少しだったのに」

仁美ちゃんが言っていた通り、そして私が危惧していた通りだった。

「仕事が大変だろう」と私を労《いたわ》ったのは、私を油断させるため。彼は知っていたのだ。私がシャルールドリンクに入社できずにいたことを。それを知っているということは、私の入社を阻止した人物だということの証明になる。

「幹久さん、やっぱり貴方が……」

ずっと疑ってはいた。だが、身内に陥《おとしい》れられたことが判明してショックが大きい。

落ち込む私に、幹久さんは入社を阻《はば》んだことを正当化してきた。

「仕方がないだろう？　こうでもしないと、美雪は僕の傍から離れていってしまう。一人暮らしをするなんてもってのほかだよ、美雪。僕と二人で暮らす愛の城は購入済みだ。あのマンションで、美雪はただ僕に愛されていればいい。それだけだよ」

何も言えず硬直している私を見て、幹久さんは「でも、僕だけが悪い訳じゃないよ？」とこの期《ご》に及んで言い訳をし始めた。

「美雪もいけないんだよ？　母さんの会社で働けって勧《すす》めていたのに言うことを聞かないから」

「何を言って……」

「入社辞退届を出したのは確かに僕だし、うるさいほど来ていたシャルールドリンクからの手紙を破棄したのも僕。あとは、そうだなぁ。ちょっとだけ美雪の携帯を使わせてもらったかな？　ああ、そうそう。美雪は完全に入社できないだろうと思っていたけど、なかなか帰って来ないからさ。念のためにシャルールドリンクには、美雪を辞めさせた方がいいという忠告書だけは送らせてもらったかな。だけど、それだけだよ？」

「じゃあ、会社に電話をして入社辞退を申し出たのは仁美ちゃんなの？　彼女にやらせたの!?」

怒りが込みあげてくる。そんなことも彼女にさせていたのか。僕の彼女にしてあげる。そんな甘い嘘をついて、仁美ちゃんの心を惑わしたのだろう。

幹久さんを睨《にら》みつけると「まぁ、彼女も助けてくれたけど」とクスクスと笑い出す。

「シャルールドリンクの人事部の女も僕を手助けしてくれたんだよね」

「え？」

「嘘の供述を、上司にしてくれたんだよ。助かったなぁ」

「もしかして……」

「何度も折り返しの電話をしたけど出なかったとか。まぁ、色々と役に立ってくれたよ」

唖然《あぜん》としてしまった。まさか、仁美ちゃんだけでなく、他の女性もこの一件に関与させていたというのか。

「二人ともバカだよね。僕は言ったんだよ？　愛している美雪を僕の腕の中に閉じ込めたいから協力してくれるかなって。それなのに、どこで勘違いしたんだろう。うまくやれば自分が恋人にしてもらえるなんて考えるようになるなんて。浅はかだよねぇ」

クツクツと肩を震わせて笑う幹久さんを見て、私は怒りが抑えきれなかった。パシン、と、小気味よい音が響く。私が幹久さんの頬を張った音だ。人を叩いたことなどない。手がジンジンして痛みが残っている。だけど、後悔はしていない。

ようやく私から離れた幹久さんは、頬を押さえて目を丸くしている。そんな彼に、私は訴えた。

「女の子の気持ち、なんだと思っているんですか！」

「美雪？」

「どんな思いで彼女たちは……っ」

二人とも幹久さんに恋をしていたはずだ。好きな人に甘い声で囁《ささや》かれ、お願いされたから力になりたいと思ってしまったのだろう。

そして、甘い嘘も囁《ささや》かれたはずだ。助けてくれたら、付き合いを考えてもいい。そんな悪魔の囁《ささや》きをされ、彼のお願いを聞いてしまった……

彼女たちの切ないほどの恋心を、幹久さんは踏みにじったのだ。

「彼女たちを惑わせたのは、幹久さんです。彼女たちに謝ってください！」

「謝る？　どうして？　向こうが勝手にやったことなのに」

理解できないな、と昏《くら》く笑う彼に、私の訴えは心に響いていないようだ。

「ねぇ、美雪。ようやく僕の傍に来てくれたんだ。僕とずっと一緒に生きていこう」

「幹久さん、私は以前にお断りしたはずです」

はっきり言い切ったのに、幹久さんは困ったように肩を竦《すく》める。

「恥ずかしがっていただけだろう？　今なら違う答えが聞けると思っている」

正直に言ってごらん、などとほほ笑んでくる彼に、私は首を大きく横に振った。

「私が好きなのは貴方じゃない」

「何を言って――」

「私は貴方のことなんて好きじゃない。いいえ、好きにならない。好きになる訳がない！」

「美雪、何を言っているんだい？　僕がずっと愛してあげるから」

再び私に手を伸ばそうとする彼を、きっぱりと振り払った。

「やめてください」

「ねぇ、美雪。僕のことが好きじゃないなんて嘘を言わなくてもいいんだよ。意地っ張りだな。ほら、おいで」

どこまでも自分に都合のいいように解釈して私に近づこうとする彼を、恭祐さんが取り押さえた。地面に顔を埋め唸《うな》る幹久さんを全身を使って押さえ込み、厳しい声で叱る。

「いい加減にしろ！　美雪は、お前の義妹《ぎまい》だろう！」

幹久さんは依然抵抗を続けながら、首を横に振って否定する。

「違う！　血は繋がっていないし、お義父さんとも養子縁組はしていない。僕の戸籍は血の繋がりがある父の方に入っている。だから、美雪は妹なんかじゃない。僕の女だ！」

暴れる幹久さんは、すでにまともな判断ができていないように見えた。

「美雪が恥ずかしがって僕に近づかないから、僕から近づく努力をしてあげたのに。どうしてだ!! 美雪たちが住んでいたマンションの隣に越してあげて、なんとか距離を縮めてあげていたのに。まさか、うちの母さんと美雪の父さんが再婚するとまでは思わなかったけどな。再婚話を聞いた瞬間、僕は神を信じたね。神が僕に味方をしてくれたんだと。美雪ともっと近づきなさいというお告げだとね」

ギャハハハ、と何がおかしいのか笑い出した幹久さんは、警備員の男性たちによって羽交《はが》い締《じ》めにされた。彼らは幹久さんを立ち上がらせ、車に連れて行こうとする。

だが、恭祐さんがそれを止めた。無言のまま幹久さんに歩み寄り、彼の胸ぐらを掴み上げる。

「お前のような兄も男も、美雪には必要がない」

「は？」

「それどころか、悪影響ばかりだ」

「っ！」

ものすごく迫力がある声、表情、彼を取り巻く空気。それに、皆が圧倒される。

もちろん、目の前で睨《にら》みつけられている幹久さんは青ざめた顔をしていた。

「失せろ」

地を這《は》うような怒りに満ちた声に、幹久さんは完全に戦意喪失し震え上がっている。

恭祐さんは、掴んでいた胸元から手を離す。そして、踵を返して私に近寄ってきた。

「美雪」

先程までとは打って変わり、慈愛溢れる声だ。私の大好きな彼の声で、安堵した。

腰を屈《かが》め、私の目を見つめてくる。視線が合った瞬間、私はホッとしすぎてその場に崩れ落ちそうになった。それを、彼が慌てて抱えてくれる。

「大丈夫か、美雪」

「恭祐さ……っ、恭祐……さん」

先程までの恐怖が今頃になって襲ってきたのと同時に、恭祐さんが私を抱きしめてくれたことが嬉しくて涙が止まらなくなってしまった。恭祐さんに縋《すが》りつき、何度も何度も彼の名前を呼ぶ。そのたびに、彼は私の背中を撫でてくれる。

大丈夫だ、もう怖くない。恭祐さんが私の耳元で囁《ささや》くたびに、恐怖心が薄れていくのを感じた。

「ごめん、美雪」

「……え？」

どうして彼が謝る必要があるのだろう。彼は私のピンチを助けてくれた。感謝こそすれど、謝られる理由はない。どちらかといえば、私が彼に怒られると思っていた。矢上さんにメールで連絡をしたとはいえ、返事が来る前にお屋敷を飛び出してしまったから。

ギュッと彼に抱きつきながら、「どうして謝るんですか？」と掠れた声で聞く。

すると、彼は言いづらそうに口ごもったあと、小さく呟いた。

「嘘をついた」

「え？」

「俺は、篁ホールディングス現社長の息子であり、シャルールドリンクの新社長だ」

「恭祐さん」

苦しそうに言ったあと、彼は私から離れた。そして、深々と頭を下げてくる。

「申し訳なかった」

「ちょ、ちょっと！　恭祐さん、頭を上げてください」

まさかこんなふうに謝られるなんて思わなかったので、とにかく焦ってしまう。

何度も「頭を上げてください」とお願いするのだが、彼は頭を下げたままだ。

「最初に美雪と会った時点では、素性を明らかにすることができなかった」

「恭祐さん」

「高村や矢上、そして寿子さんは俺に付き合ってくれただけ。彼らを恨まないでくれ。全部、俺が悪い」

申し訳なかった、と再び謝る彼の足元にしゃがみ込む。私の視線に気がついたのだろう。頭を下げたまま目を見開いた恭祐さんと視線が合う。驚いている彼に、私は涙を拭《ぬぐ》いながら首を横に振る。

「当然だと思います」

「美雪？」

「不審者を警戒するのは当たり前です」

「……」

「ですから、気にしないでください。……えっと、恭祐さん？」

唇をきつく結ぶと、彼はゆっくりと頭を上げる。キレイな黒髪をクシャッと掻《か》き上げ、苛立《いらだ》った様子を見せた。

「そうじゃない」

「え？」

「俺は……女性を信じられなくなっていた」

「恭祐さん？」

「俺に纏《まと》わり付いてくる女性たちと美雪が一緒だと考えた。だから、嘘をついた」

警備員の面々も、そしておじ様もここから去って行った。今、玄関先には私たち二人しかいない。近所にはあまり家もなく、静寂に包まれている。

「織絵……妹との最期《さいご》の時間を過ごせなかったのは、篁のブランド力に目が眩《くら》んだ女性の策略のせいだった。あれから、俺は女性が信じられなくなった。だからこそ、最初は美雪に対しても冷たい態度を取っていたと思う」

確かに最初は、恭祐さんのことが怖かった。常に仏頂面で、ビクビクしていた覚えがある。彼にしてみたら、なりゆきで助けたとはいえ、私も策略めいたことをする女性たちと一緒かもしれないと考えて疑っていたに違いない。

だけど、それだけじゃないことを私はわかっていた。

「でも、恭祐さんは最初から優しかったです。仏頂面だったけど、目が優しかった。それに、私を助けてくれました。本当に冷たい人だったら、見ず知らずの私に手を差し伸べてくれるはずがないです」

「美雪」

「どうしてこんなに優しい人なのに、冷たいフリをするのか。最初は理解できませんでした。だけど、恭祐さんは自分の心を守っていたんですね」

「え？」

「女性から距離を置いていたのは、自分の心を守るため。だから、私に謝る必要はないです。それに、今は私にとっても優しいです。だから、気にしないでください」

ね？　と見上げてほほ笑みかけると、彼は私の腕を掴んで引っ張り上げてきた。立ち上がった私は、キョトンとした目で彼を見つめる。すると、彼は私の肩に両手を置き、顔を覗き込んできた。

「美雪がステータスに目が眩《くら》む女じゃないってことは、早い段階でわかっていた。その時点で素性を言うべきだった。だけど……」

「え？」

なぜか、目をそらされた。それに、頬は真っ赤になっている。目もなんだか潤《うる》んでいないだろうか。初めて見る彼のそんな表情に釘付けになってしまう。

「高村が言ったんだ。素性は明らかにしない方がいいと」

「おじ様が？」

「俺は、そうでなくても仏頂面で堅物だ。それだけで美雪を怖がらせてしまうのに、俺が篁の御曹司だって知られたら……ますます近寄らなくなるだろう、と。遠慮して屋敷を出て行ってしまうかもしれないからとも言われた。それを聞いて言えなかった」

「どういう意味──」

問いかけようとした私だったが、恭祐さんの言葉で掻《か》き消された。

「美雪が俺を怖がって近寄らなくなったら困ると……どうしたらいいのか、わからなかった」

「え？」

「俺はずっと君に傍に居てほしい。そう願ってしまったからこそ言えなかった。情けないな……俺は。こんな自分は見るのもイヤだ。だから──」

「恭祐、さん？」

ゆっくりと彼の視線が私に戻ってきた。その目は、釘付けになってしまうほど魅力に溢れていて目が離せない。心臓の高鳴りを感じながら、私は彼の言葉を待つ。

「俺は堅物で仏頂面で不器用で……。美雪のような若い女性を喜ばせることも、うまく愛を伝えることもできない。だが……」

「恭祐さん？」

「――好きだ。美雪のことが好きだ」

息を呑《の》む。だが、すぐに私は彼を撥《は》ね付けた。

「そんなの、嘘です」

彼を制して首を横に振る。そんな私に、恭祐さんは眉間に皺を深く刻む。

「嘘じゃない。前にも言っているし、俺は……ずっと美雪に行動で示してきたつもりだ。どうして信じてくれない？」

必死に訴えかけてくる彼から視線をそらし、口角を下げる。

「だって、あの日。途中で止めたじゃないですか。悪い、って言って」

「あれは……」

「それに、私のこと妹みたいだと思っていませんか？　私は、織絵さんの代わりにはなれません！」

ばつが悪そうにする彼を見て、やっぱりかと心が冷たくなる。

「場の雰囲気だけで、好きだとか言うの止めてください」

本当に止めてほしい。どれだけ私がドキドキしたか、この人は全然わかっていない。これ以上、惨《みじ》めにさせないでほしいのに。泣きたくなるのを堪《こら》える私に、彼は必死の形相で縋《すが》ってくる。

「違う！　あのときは、美雪の弱みにつけ込んだ自分が許せなかっただけだ！　美雪に抵抗されて我に返って、俺がエゴを押し通そうとしてるだけだと気づいて……美雪が離れていってしまうかもしれない不安を押し殺して事情を聞こうとしただけ。確かに、最初は妹みたいな存在だと思い込もうとしていた。だけど、無理だった。女にしか見えなかった！」

「え……」

「キスに応えてくれていたから、てっきり俺の気持ちは伝わっていると思っていたし、美雪も……俺のことを少なからず想ってくれていると」

マジか、と落胆しながらガシガシと髪をかき乱したあと、彼は私の腰に腕を回し抱き寄せてきた。

え、と驚く間もなく、少々強引にキスをしてくる。

唇が離れたあと、目を見開いたままの状態で固まる私を、彼は真剣な眼差しで見つめてきた。

「俺は好きじゃない女性にキスなんてしない。好きだなんて言わない。妹みたいだと思っている女性に手を出せるはずがないだろう！」

「恭祐さん……」

「そもそも、厄介事を抱えていそうな女性を助けるほどお人好しでもなんでもない！　あの日、ビルの前で佇《たたず》んでいる美雪が気になって気になって仕方がなくなって……」

彼は、再び私の唇に自身の唇を重ねてきた。じんわりと熱が伝わるような優しいキスだ。

蕩《とろ》けるような感覚にウットリとしていると、唇が少しだけ離れた。

息がかかるぐらいの距離から、彼は情熱的な目で見つめてくる。

「あの時点で、俺は美雪に恋をしていたんだと思う。君を守りたいって、雨に濡《ぬ》れて泣いている姿を見て思ったんだ」

彼は、より甘く私に懇願してくる。熱が伝わるような距離感に、ドキドキが止まらなくなってしまう。

「女性との付き合いは厄介だと思っていたから……恋なんてしたくないと女性と距離を置く生活を何年もしてきた。それこそ、不能になったんじゃないかと思うほど性欲もなくなっていたぐらいだ。そんな俺が、美雪には我慢できなくなる」

「っ！」

「美雪を前にすると、俺はただの雄《おす》になる。そんな変化が起きても、俺は美雪が好きじゃないと言うのか？」

セクシーすぎる声で囁《ささや》かないでほしい。心臓があり得ないほどドキドキして、何も言葉にできない。

彼はゆっくりと私の頬に手を伸ばし、包み込んでくる。

「好きだ、美雪」

「恭祐さん」

「拒まないでくれ……」

ジッと熱情的な目で見つめられ、私は覚悟を持って言う。

「拒みません」

「美雪」

「私も、恭祐さんが好き。だから――拒まない」

私は勇気を振り絞って言ったのだが、急に恥ずかしくなって彼に抱きついて顔を隠す。

そんな私の耳元で、彼は囁《ささや》いてきた。

「もう、離さない。今夜は、寝かさないから」

淫靡《いんび》な色気を感じる声を聞き、私は小さく頷いた。

「はい。一晩中、一緒にいてください」

9

（私ったら……。なんで、あんなことを……！）

シャワーを浴びてから少し経つのに、身体の熱が収まらない。

それは、自分が言った言葉を何度も何度も脳裏《のうり》で反芻《はんすう》してしまうからだ。

「一晩中、一緒にいてください。なんて……」

いくら恭祐さんに「離さない」と言われたからって大胆な返事をしてしまった。

思わず大きな声で叫びたくなり、慌てて口を両手で押さえる。そして、少し離れたところで電話をし続けている恭祐さんに視線を向けた。真剣な眼差しで、時折難しそうな表情を浮かべながら話し続けている。どうやら私の声は聞こえなかったようだ。ホッと胸を撫で下ろす。

あのあと、私たちは篁別邸へと戻ることになった。幹久さんたちのことが気になったのだが、あとはおじ様と弁護士の方々が対応をしてくれるらしい。

「高村に任せておけば大丈夫だ。顧問弁護士にも美雪は同席しない方がいいと言われている。あとはプロに任せた方がいい」

彼の言う通りにした方が賢明だと納得した。

車に乗り込んだときには感じなかったのだが、気持ちが落ち着いてくるにつれて再度恐怖心が蘇り、怯えるようになってきてしまった。とりあえずの終焉《しゅうえん》は迎えたのだが、それでも今夜の出来事は衝撃が大きすぎたようだ。

負の感情というのは、時間が経つごとに深い物になっていくのだろうか。脳裏《のうり》に思い浮かぶのは、幹久さんの恐ろしいほどの執着と愛に歪《ゆが》んだ顔。打ち消したくてもなかなか消えず青ざめていた私の手を、恭祐さんはキュッと握りしめてくれた。

温かくて大きな手。そっと横に座る彼を見ると、こちらがホッとするほど穏やかな顔で私を見つめていた。

「大丈夫、俺と一緒なら怖くないだろう？」

柔らかく優しい声で言う彼に私は頷き、自分から寄り添うように彼の身体にピッタリとくっつく。そうすると、恐怖心が薄れて心が穏やかになるのがわかった。

しかし、問題は彼から離れると再び恐怖心に苛《さいな》まれてしまうことだ。車から降りたはいいものの、私は彼の手を離したくなくて駄々をこねてしまった。屋敷に入ってからも「離れたくないです」と懇願してしまったのだ。ちょっとあざといかと思ったが、上目遣いで彼を見てお願いをする。

そんな私を困ったように見下ろし、恭祐さんは苦笑した。

「大丈夫。今夜は一晩中、一緒にいるから」

「恭祐さん」

「まずは、風呂に入って温まってからだ。俺は逃げも隠れもしないし、美雪から離れようなんて思っていない」

「……はい」

これ以上、駄々をこねてはいけないだろう。そう思って渋々離れようとする私に、彼は蠱惑的《こわくてき》な表情を浮かべた。

「一晩中一緒にいるという意味、わかっているか？　俺は美雪を前にするとただの男だ。何が起きるかわからない。それでもいいのか？」

腰にくるような低く甘い声で囁《ささや》かれて恥ずかしくもなったが、どうしても彼から離れたくなかった私はそれを承諾した。

「私のこと、好きって言ってくれましたよね？　それに、恭祐さんだって私を離さないって言ってくれたじゃないですか」

「美雪」

「私、恭祐さんが好きです。一緒にいることに何か問題でもありますか？」

と煽るような言葉を口にしてしまったのだ。

一瞬、目を見開いた恭祐さんだったが、フッと表情が緩《ゆる》まって「何も問題ないな」とほほ笑んでくれた。だが、その表情がセクシーすぎて、ようやく自分が大胆なことを口にしてしまったのだと気がついたのである。

今夜は寝かさないと言われて、それに承諾をしたのは紛《まぎ》れもなく自分だ。だが、いざ冷静になると、恥ずかしすぎて居たたまれなくなる。若干逃げ腰になりつつ風呂から出たのだが、そこで私を待ち伏せしていた恭祐さんに横抱きにされて、彼の部屋まで連れてこられてしまったという訳だ。

時期尚早だったかもしれない。すでに、これからのことを考えると緊張しすぎて身体も心もカチコチに固まってしまっている。だけど、彼のぬくもりに包まれたい。私の全部を彼に奪ってもらいたい。そんな願いが湧き上がってくるのも事実だ。

結局、恭祐さんからの愛をもう一度確認したいのだろう。その男らしい身体で、全力で愛してほしい。そう願ってしまったら、逃げだそうとは思わなかった。

恭祐さんに出してもらった炭酸水を、ゆっくりと口に含む。喉に弾ける刺激が心地いいが、今の私には味を楽しむ余裕など皆無だ。ただ、胸が破裂しそうなほどにドキドキしている。

男性と付き合ったこともない、免疫もない私は初めてづくしだ。そんな私が、大人で場数を踏んでいるであろう恭祐さんに満足してもらえるのか。心配が脳裏《のうり》を過《よぎ》り、気持ちが落ち着かない。

「少しは落ち着いたか？」

いつの間にか電話は終わっていたようだ。恭祐さんは、ベッドに座っている私の手から炭酸水の入ったグラスを取り上げた。それをサイドテーブルに置き、私の肩を抱き寄せてくる。そして、その長くキレイな指で私の髪に触れて目を細めてきた。

「まだ少し、しっとりしているな……。ドライヤーで乾かしてやろうか」

「い、いえ！　大丈夫、です。はい」

挙動不審な自分が残念でならない。頬に熱が集まるのを感じながら、私の頭を撫で続ける彼にチラリと視線を向ける。優しくほほ笑まれて、ドクンとまた心音が高鳴ってしまった。

この部屋に入ったときからずっとドキドキしていたが、それ以上に鼓動が激しくなる。

なんて艶《つや》っぽい目で私を見つめているのだろう。優しげに細まった目が、また淫《みだ》らな感じがして……壊れてしまいそうなほど、心臓が早鐘を打っている。

私は慌てて彼から視線をそらした。だが、彼の欲に濡《ぬ》れた目が脳裏に焼きついて消えない。

口から心臓が飛び出してしまいそうなほど緊張をしている私に、彼は小さく笑った。

「美雪、怖気《おじけ》づいたか？」

「そんなこと、ないです！」

私は、すぐさま恭祐さんに視線を戻して首を横に振る。

ここで私が「ちょっと怖くなってしまいました」などと言えば、彼はこれ以上手を出してこないだろう。そういう人だ。

大人の余裕を見せつけられるのが目に見えている。だが、今はそんな優しさはいらなかった。

「さっき言ったこと。本気です」

「……っ」

「恭祐さんが、今夜は寝かさないって言ったんですよ？　責任取ってください」

ベッドに手をついている恭祐さんの手に自分の手を重ね、彼をまっすぐ見つめた。

今日の私は大胆すぎるかもしれない。だが、これはきっと反動だろう。彼は私のことなど好きじゃない。そんなふうに思って落胆していたのに、彼は私が好きだと言ってくれた。それが嬉しすぎて、私はきっといつもの自分では絶対にしない行動をしてしまっているのだと思う。

色々なことが、この春にあった。いや、ありすぎた。

ようやく真相がわかった今、少しずつだが身辺は落ち着いていくはず。問題はまだあるが、それでも前に進むことができるだろう。しかし、私にはまだ不安が残されていた。彼との関係についてだ。

恭祐さんは私を好きだと言ってくれている。その言葉に偽りはない。そう信じている。

だけど、いずれ私はこの屋敷を去り、彼とは違う場所で生きていく。

いつか再び一緒に暮らす未来があればいいとは思うが、誰も未来のことなんてわかりっこない。

私は確証がほしいのだろう。そのために、彼の愛を一身に受け止めて、安心したいのかもしれない。

初めてのことだ。誰だって臆するはず。だけど、私は今夜恭祐さんにすべてを受け止めてもらいたいのだ。貪欲になっていく自分に呆れ返るが、それでも私は彼と心も身体も結ばれたい。

(それが、恋なのかな……)

恋や愛とひとくくりに言っても、色々な形があるのだと思う。それを、イヤというほどこの春に思い知らされた。

結局は、誰もが我儘《わがまま》な恋愛をしたいのかもしれない。好きな人を束縛したい。自分の愛で、相手を埋め尽くしたい。そして、離したくない。離さない。愛の根本には、そんなものが眠っている。自分にもそんな思いが、心の奥底に確実にあるのだと確信した。

もう迷いはない。ただ、彼からの愛がほしい。

揺るぎない目で恭祐さんを見つめると、彼の喉仏が上下に動く。男性らしさを感じられるパーツすべてに色気を感じていると、そのまま身体はベッドに押し倒されていた。

彼は私の顔の横に肘をつき、身体を支えながら覆い被さってくる。シャワーを済ませた彼の髪は、いつものようにキッチリと整ってはいない。サラリと揺れた黒髪は、目元を少し隠す。それがまた淫欲めいてセクシーだ。彼に見惚れていると、形のいい薄い唇が動く。

「もう一度、聞く」

「恭祐さん？」

「俺は、美雪を抱きしめていいのか？」

相変わらずの仏頂面である。

だが、恭祐さんのことだ。無理強いしていないのかを心配しているのだろう。そういう彼の、一見ではわからない優しさに、私は恋に落ちたのだ。

ドキドキする。だけど、彼に触れたかった。ゆっくりと彼に手を伸ばし、耳の辺りに触れる。ずっと触れてみたいと思っていた髪に触れ、ますます胸が高鳴ってしまう。

「美雪……っ」

「あ、ごめんなさい！」

何度か耳元を触っていたら、恭祐さんがくすぐったそうに顔をしかめながら甘い声で私の名前を呼んだ。慌てて手をどかそうとしたのだが、その手を掴まれてしまう。

「……俺を翻弄したいのか、君は」

「え？」

「かわいい反応ばかりしているから、油断していたな」

「えっと、え？」

なんだか不穏な雰囲気がする。鼓動が速くなるのを感じながら彼に視線を向けると、欲を宿した目で見つめられていた。

掴んだ私の指先にチュッと音を立ててキスをしたあと、蠱惑的《こわくてき》な声で囁《ささや》いてくる。

「いっぱい、かわいがってもいいってことか？」

「……え？」

挙動不審になって慌てふためくと、彼はクスクスと穏やかに笑い出した。

「冗談だ」

「冗談……？」

瞬《また》きを繰り返している私を見て、彼は目を細める。

「美雪はかわいいな。特に、慌てているときは……いじり倒したくなる」

「……それ、小学生男子の愛情表現ですよ！」

「ははは、確かに。俺は恋愛に関しては、小学生男子みたいなものかもしれない」

「恭祐さん？」

穏やかにほほ笑んでいた顔が一変。彼の目は色気が一際増した。

「美雪……。悪いが、ここから先は止まってやれない。もし、イヤだったら蹴っ飛ばしてでもいいから俺を止めるんだ。いいな？」

止まれないなんて言いながらも、私の手を掴む彼の手はとても優しい。

（ああ、好きだな……）

素直に抱いた気持ちを噛みしめた。コクン、と一つ頷くと、恭祐さんは上体をゆっくりと倒してくる。そして、彼の目が閉じるのを見て、私も目を閉じてその瞬間を待った。

温かくも柔らかい彼の唇を、私の唇に重ねていく。最初こそ、スローなキスだったが、だんだんと深く熱い情熱的なキスへと変貌する。

「っふ……ぁ……ん」

何度も角度を変え、そのたびに甘い吐息が漏れる。

ショッピングモールに行った日から、彼にキスをされる機会は増えていた。毎日隙あらばキスをされ、心臓に悪いと思っていたが、今はそのときよりもドキドキして苦しい。

「ア……ッハァ……美雪」

彼の荒れた息遣いを聞き、いつも冷静沈着で取っつきにくい印象の恭祐さんが興奮しているのがわかる。それも、私にキスをして……

そう思うと嬉しくて、胸がキュンと切なくなってしまう。

今の私は、確実に箍《たが》が外れてしまっている。どんなに恥ずかしいことでも、今なら彼に伝えてしまいそうだ。少しでも私から離れてほしくない。彼の頭に手を伸ばし、そのまま引き寄せた。

「もっとキス、してください」

私がそんなことを言い出すとは思ってもいなかったのだろう。私の顔を見て、彼の顔が真っ赤に染め上がる。それがなんだかとてもかわいくて、私より年上だなんて思えないほどだ。

「ったく……！　本当に、美雪はたちが悪い」

「え？」

夢見心地の私の背中に手を添え、彼は強引に私を起こした。パジャマのボタンを手早く外したと思ったら、ズボンを下ろしてくる。それらはポイポイとベッドの下へ放り投げられ、あっという間に下着姿にさせられてしまった。

慌てて腕で身体を隠している私を見下ろしながら、膝立ちしていた恭祐さんは自身が着ていたTシャツを脱ぎ捨てる。余分な肉はそぎ落とされ、キレイなラインをつくる筋肉質な身体。厚い胸板に、引き締まったウエスト。力強そうな腕。どれも大人の男性の色気に満ちていた。

彼の身体を凝視して見惚れていると、笑われてしまう。

「そんなにジッと見られると照れてしまうな。三十路《みそじ》の身体を見たって面白くもないだろう？」

「そんなことは、決して。だって……」

「ん？」

「すっごくキレイです。格好いい」

ほぅ、と感嘆の声を出して無意識のうちに賞賛してしまった。真実ではあるのだが、我に返ったときに自身の発言が恥ずかしくなる。聞き流してください、とお願いしようとしたのだが、恭祐さんの方が真っ赤になって照れてしまっていた。

（やだ……。すごく、かわいい）

大人な男性に向かって、年下の私が「かわいい」などと言ったら、彼は気分を害してしまうだろうか。それでも、かわいいと思ってしまうのだから仕方がない。

出会った頃を思えば、かなり彼への印象が変わったものだ。問題なく入社して、社長と社員として出会っていれば、また別の印象を抱いたに違いない。会社での彼は、孤高の貴公子のように素敵なはず。女子社員たちに大人気だろう。同期や先輩と「うちの社長、格好いいよね」なんて話してみたかったと思うのは、ないものねだりだろうか。

少しだけ気分が落ち込んでしまったが、「美雪？」と心配そうに私を見つめてくる恭祐さんを見て、今はとにかく彼と愛し合うことを優先したいと思った。

首を横に振ったあと、彼に抱きつく。勢いよく抱きついてしまったようで、今度は私が彼を押し倒すような形になってしまった。

「ごめんなさい。大丈夫でしたか？」

彼の肩に手を置き、腰を跨《また》ぐような体勢になった。

目をパチパチと瞬《またた》いて驚いていた恭祐さんだったが、手を伸ばして私の後頭部に触れてくる。そして、引き寄せてきた。

唇と唇が触れ合う数センチ前ぐらいで止めると、彼は滲《にじ》む苦悶を隠しもせずに言う。

「いい眺めだけど、もっと美雪の素肌が見たい」

「え？」

私の頭に触れていた手が、項《うなじ》を通り背中を辿っていく。そして、ブラジャーのホックをパチンと音を立てながら外してきた。前屈《かが》みになっている身体からはブラジャーが外れ、かろうじて肩紐が掛かっている状態。恥ずかしくて胸を隠したいが、手で身体を支えている状況では無理だ。

上体を起こそうとしたのだが、彼が私の背中に触れてくる。そして、グイッと引き寄せられて抱きしめられた。胸が、彼の胸板で潰されている。彼の視線から隠れたのはいいが、今度は頂が擦《こす》れて下腹部がズクンと疼《うず》いてしまう。どうしたらいいのか、と慌てている私を尻目に、彼は肩紐を下ろしてブラジャーを取ってしまった。そして、パジャマと同様にブラジャーもベッドの下へと落ちていく。

あ、と声にならない叫びを上げた私だったが、視界が反転して目が丸くなる。

形勢逆転。再び私は彼に組み敷かれる形にされていた。

「美雪は、雪みたいに真っ白な肌をしていると思っていたが……。服で隠された場所も真っ白でキレイだ」

「あんまり……見ないでください」

手を上げている状態になっているのだが、腋《わき》のあたりに彼の両手があるため下ろすことができない。恭祐さんのジリジリとした熱い視線で身体が焦げてしまいそうだ。

「新雪を踏み荒らしているみたいだな。穢《けが》してはいけない場所に俺が足を踏み入れている感じがする」

てきた。
「だが、俺は誰に止められたって……もう、止まらない」
切ない視線を向けられ、胸が締めつけられるほどの感情が駆け巡る。そんな私に、彼は覆い被さっ
「恭祐さん？」

「んっ……ふんん」

今までは唇と唇を合わせ、体温や柔らかさを確かめるようなキスだった。

だが、今は違う。齧《かぶ》りつくように唇に食らいつかれ、隙間を縫うように彼の舌が口内に入り込んできた。自分の口内より温かい彼の舌は、私の何もかもを溶かすように這《は》い回ってくる。舌が丹念に口内を探っていき、私の舌先と合わさった。

びっくりして引っ込めようとしたが、彼が誘導するように絡みついてきて離れられなくなる。

ザラザラとした部分をこすり付け合うように、何度も何度も絡みついてきた。舌が絡むたびに、キスがさらに深まる。

キス、と言っても、色々なキスがあるのだと知識だけは頭にあった。だが、こんなに官能的で腰が痺《しび》れて中から何かが蕩《とろ》けだしてしまいそうになるキスがあるなんて知らない。これから彼が私を変えていくのだろう。何もかもを、全部――

ゆっくりと口内から彼が出ていき、急に寂しさが増す。きっと私の顔は、物欲しそうにしているに違いない。だが、それを隠す余裕など私にはなかった。

彼は、私の首元に顔を埋める。そして、擽《くすぐ》るようにチロチロと舌を這《は》わせ始めた。

「はぁ……っぁ」

悩ましげな吐息が零れ落ちてしまう。彼の唇と舌に翻弄されていた我が身だったが、今度は違う刺激の虜《とりこ》になっていく。彼の大きな手が、私の乳房を掴んだからだ。

柔らかさを確認するような手の動き。そのたびに手のひらが頂を刺激してきて、敏感に反応してしまう。嬌声《きょうせい》を上げる私を見て、彼の手はだんだんと大胆さを増していく。掴むように胸を揉《も》んでいた手だったが、両手をそこから離して手のひらを使って頂だけを擦るように動かし始めたのだ。

「っ、それ……だめ、です」

阻止をしたつもりだった。だが、私の声は恭祐さんからしたら懇願しているように聞こえたらしい。

「もっとしてほしいか？　ここ、擦られるのが好きなんだな」

「やぁっ！」

「覚えておくよ、美雪。これからも、ここをたくさんかわいがってあげるから」

手のひらで頂を擦られると、時折快感が走るというもどかしい感覚があった。

だが、その刺激をもっと強くするように、彼は人差し指と親指を使って摘《つ》まんでくる。

それだけでも気持ちがいいのに、捏《こ》ねるように動かし始めたのだ。

「ひ、あっ……！」

身体が跳ねるほどの快楽が襲ってきて涙目になってしまう。彼の指は私の反応を見て、強弱をつけて引っ張ったりしながらより快感を植え付けていく。

ビクビクと甘く痺《しび》れる身体を、彼はもっと暴こうとしてくる。胸をいじりながら彼の舌は谷間を通り、お臍《へそ》へと辿り着く。グルリと円を描くように舐められ、背筋に快感が走った。同時に腰が跳ねると、胸の頂をいじっていた手は脇腹を通って腰に移動してくる。

すっかり呼吸が乱れて力が抜けてしまっていたが、今のこの体勢を見てカッと顔が熱くなった。足の間に彼の身体が入り込んでいて、閉じることができない。彼の目は、ある一点を見つめている。それが恥ずかしくて手で隠そうとするのだが、彼に阻《はば》まれてしまった。

「ショーツが濡《ぬ》れている。ほら……」

「やぁ……！　見ないで、恭祐さん」

私の制止に耳を傾けず、彼の指はショーツのクロッチ部分を触れてくる。その瞬間、クチュッと水音が聞こえて一気に身体が熱くなった。感じている証拠だと思ったら、恥ずかしくてしかたなくなる。イヤイヤと首を横に振っていると、彼は私に視線を向けてほほ笑んできた。

「恥ずかしがる必要はない。美雪が蜜《みつ》を垂らしたのは、全部俺のせい」

「え？」

「全部、俺のせいにしておけばいい。気持ちよくなるのも、喘《あえ》いでしまうのも……全部」

ゆっくりと唇を動かしほほ笑む彼は、色気が際立っていて格好いい。

そんな彼を、直視できない。視線をそらすと、クスクスと楽しげに笑う声が聞こえる。唇を尖《とが》らせて彼に反論しようとしたが、その声は自分で聞くのも恥ずかしくなるほど甘い声に変換されてしまった。彼が再び、私に愛撫を試《こころ》みてきたからだ。

「あぁ……ぁあん」

鼻に抜けるような声を出してしまい、慌てて口を押さえる。そして、今までに感じたことがない淫《みだ》らな刺激を与えてきた本人に視線を向けた。

だが、それを私は後悔する。ショーツの上から、蜜《みつ》が零れ落ちている辺りをしゃぶっていたからだ。クチュクチュという音は、私から滲《にじ》み出た蜜《みつ》の音か。それとも、彼の唾液の音なのか。布越しから蜜芽を咥《くわ》えられ、身体が蕩《とろ》けてしまいそうなほど気持ちがいい。直接的な刺激、そして耳からの刺激。どれもこれも、私を翻弄させるのに充分なものだった。

ひっきりなしに声を上げ続ける私を、ジッと見つめる恭祐さん。彼と視線が絡み合って恥ずかしいのに、視線を外すことができない。彼に愛されている。それを実感できるからかもしれない。

「もっと気持ちよくなってほしい」

彼の指がショーツの中に入ってくる。その瞬間、蜜《みつ》がどれほど零れ落ちていたのかがわかってしまった。ぬるぬると蜜《みつ》で滑る彼の指。動くたびに、蜜芽に触れられて喘《あえ》いでしまう。

「すごい、グチュグチュだな……」

「い、言わないで……っ、ぁああ」

直に蜜芽に触れ、彼の指が円を描くようにかわいがってくる。

「あぁ……っ」

ますます身体の奥から蜜《みつ》が蕩《とろ》け落ちていくのがわかった。彼の指に、私の身体がかわいがられている証拠だ。彼の指は蜜《みつ》をもっと求めているようで、私の中へと入ってくる。最初は一本だけ。それでも異物感が半端なかったのに、今度は二本目も入ってくる。ゆっくりと中を堪能するように動いていた指だったが、急に中から出てきた。

「ダメだ……。もう、我慢できない」

「え？」

「食べたい」

「え？　え？」

意味がわからず目を瞬《またた》かせていると、彼は私のショーツを一気に下ろしてきた。

右足から脱がしてきたのだが、中途半端な状態で左足に掛かったままだ。ショーツを完全に脱がさないまま、彼は私の膝を立てて大きく開き、顔を近づけてきた。

腰を高く持ち上げられ、目が合う。彼は目を淫欲に染め、舌を伸ばしてきた。淡い茂みの中に密《ひそ》かにある蜜芽を何度も舐め上げてくる。その様子が一部始終見えて、誰によって快感を植えつけられているのかを教えられている気持ちになった。

お尻の辺りまで垂らしている蜜《みつ》を、一滴も零さないように丁寧に舐めては吸っていく。

クチュクチュ、ジュジュッと厭《いや》らしい音を立てながら愛撫され、気が遠くなるほどに気持ちがよくなってしまう。

「ダメ……っ、ダメなの。恭祐さん」

「ダメじゃない」

「うはぁ……ぁ、あ、んんん」

「ほら、力を抜いて。俺の舌に集中して」

彼に言われた通りにすると、より舌の感触を覚えて腰の震えが止まらなくなった。

鳥肌を立たせながら震える私に視線を向け、蜜《みつ》を舐めながら話し出す。

「気持ちいいか？」

「っやぁ……！　そんなところでしゃべっちゃ！」

彼の吐息が秘めた場所に当たり、足に力がこもる。キュッとシーツを握りしめ、唇を噛みしめた。

この甘やかな愛撫に打ち勝つ方法はないのかもしれない。ただ、彼に何もかもを委《ゆだ》ねてしまいたい。もっと、愛してほしい。そう願ってしまう。

ビクビクと何度か身体を震わせた。だが、先程までの感覚とは少し違う。

フワリと身体が浮いてしまいそうな浮遊感。それを感じた私は、ひっきりなしに甘く啼《な》く。

「きちゃ……っ、なんか、くる……っ」

「ああ、もっと身体の力を抜いて。俺に委《ゆだ》ねて」

ジュッとキツく蜜芽を吸われたとき、パンッと何かが弾けたように目の前が真っ白になった。

「あぁ……やぁんん！」

ビクンと身体が震え、背中が反る。足に力が入ったあと、身体から力が抜けてベッドに崩れ落ちていく。今までに感じたことがない、息が乱れて、そして思考が甘く蕩《とろ》けてしまうような感覚。もしかして、これは――

ハァハァと息を切らして、ただベッドに寝転がっていると、彼は私に覆い被さってきて耳元で囁《ささや》いてきた。

「かわいかった……。気持ちよかったか？　美雪」

チュッと耳元にキスをしながら、私を煽るように言う。

「達した美雪は、本当にかわいかった」

「っ！」

やっぱり先程の弾けるような快感は、達した証拠だったのだろう。居たたまれなくなって手で顔を隠したのだが、ふと太股《ふともも》あたりに当たる硬いモノの存在に気がついた。

彼は上体を起こし、再び私の脚を大きく開く。準備が完全にできた蜜壺に、彼の熱く昂ぶった猛りが触れている。好奇心というのは、時に恐ろしいものだ。怖い物見たさではないが、先程から自身に触れてくる硬いモノの正体を確認してしまう。

いつのまに準備が施されていたのか。圧倒的な質量を持ったそれは、すでに避妊具が装着されていた。反り返り、お腹についてしまうほどいきり立っている。薄い膜に覆われたその猛りは、私から零れ落ちる蜜《みつ》を纏《まと》おうとしていた。

「美雪、いいか？」

ちょっと怖い。だけど、少しの好奇心もある。それに――

「はい」

「美雪」

「恭祐さんになら、何されてもいいです」

言っていて恥ずかしくなって顔を手で覆う。だが、正直に自分の気持ちを伝えたつもりだ。

「美雪、こっちを見ろ」

「……無理、です」

恥ずかしくて目を合わせられない。

「ほら、美雪」

「恥ずかしいから……」

イヤイヤと首を横に振る私に、彼は柔らかい声で言ってくる。

「どうして恥ずかしがる？　かわいいことを言っただけだろう？」

「かわいいことって……」

咄嗟《とっさ》に手を外してしまうと、彼と目が合う。その目は、欲に濡《ぬ》れていた。

「これから、もっと恥ずかしいことするけど。いいか？」

「っ」

恭祐さんは、相当なイケメンだ。格好いいというより、キレイという言葉が似合う希有《けう》な人でもある。見ただけで、のぼせ上がってしまう女性は多々いることだろう。そんな彼が、エッチのときにはこんなに欲を宿した表情をするなんて。そのギャップが、私の心臓をより高鳴らせてしまう。

「美雪と深く繋がりたい」

「恭祐さん」

「蕩《とろ》け合って、境がなくなるほどくっつきたい」

「っ！」

少しの間のあと、彼は真剣な表情で言った。

「美雪と繋がりたい。心も身体も全部。君はどう思う？　俺と、どうなりたい？」

彼に見つめられ、懇願され。情欲の火が焚きつけられていく。

切ないほどの愛しさを感じ、私は迷うことなく頷いた。

「私は、貴方がほしいです。心も身体も、未来も過去も全部」

「美雪」

「重い愛だ、なんて怖がらないでくださいね？」

初恋は重いものですよ、と冗談めいて言う私に、彼は真摯《しんし》な表情で頷く。

「承知した」

「え？」

「重い愛、上等だ。俺は、その上をいく愛を君に捧ぐと誓う」

「恭祐さん？」

「不器用な男は、不器用なりに美雪を愛する。約束する」

「はい……はいっ！」

とにかく早くくっつきたかった。手を伸ばし、彼に来てほしいとおねだりをする。

息を呑《の》んだ彼だったが、ゆっくりと私の中に入ってきた。指でたっぷり愛撫されて柔らかくなった膣は、彼を招《まね》き入れる。だんだんと狭くなる蜜路に、熱塊はゆっくりと押し入ってきた。

「うぅ……っ」

「悪い、美雪。一気にいく。痛みは長引かない方がいいだろうから」

その言葉の通り、ズンッと一気に貫かれた。涙がポロポロと落ちるほどの痛みを感じる。

彼は私を抱きしめ、ただジッと動かないように努めてくれた。

「ごめん、痛いよな」

何度も頭を撫で、私を労《いたわ》ってくれる。それが嬉しくて、やっぱり涙が零れ落ちてしまう。

しかし、不思議なもので、痛みの中にもどこか快楽に導く刺激が届くものなのか。

ジワジワと蜜《みつ》が増えていき、彼を包みたいと中がうねり出す。

「つぅ……」

彼が色っぽく唸《うな》った。眉間に皺を寄せ、ただ我慢をしている。その表情がとてもセクシーで、ドキドキしてしまう。下腹部は痛んでいるが、だんだんと痛みではない何かに変化していくのがわかった。

「恭祐さん、動いていいですよ」

「まだ、だめだ。もう少し、……っ、美雪の痛みが落ち着いてからでいい」

「でも、辛そう……」

額には汗の粒が浮かんでいる。その汗を手で拭《ぬぐ》ってあげると、彼は困ったように優しくほほ笑んだ。

「これぐらい大丈夫だ。美雪の痛みに比べたら、な？」

滲《にじ》む苦悶を見て、胸がキュンとしてしまう。彼に愛されていることを実感して、涙ぐんでしまいそうだ。

恭祐さんは出会った当初から、私のことをずっとずっと守ってくれていた。そして、不器用なりにも優しさをずっと与えてくれている。それを再確認し、胸に温かい感情がこみ上がってきた。

(好き……大好きです、恭祐さん)

彼の形のいい唇に指を沿わし、精一杯のおねだりをしてみる。

「もっと愛してください」

「美雪?」

「奥の奥まで……私に触れてほしいです」

「っ」

「ダメ……、ですか?」

ゴクン。唾を呑《の》みこんだ音がすると、ググッと足をより大きく開かされる。

「悪い、美雪。あとで罵倒してくれ」

私の腰を掴み、彼は腰を動かし始めた。

最初は痛みを感じていたが、だんだんと法悦しか感じられなくなってくる。

「っはぁ……ぁ、ぁ……っ!」

「は……ぁ」

私と彼の荒い息と吐息が響き、ベッドが軋む音がする。

パチュンパチュンと身体と身体が当たる音がして、そして動くたびに蜜音が大きくなっていく。

そのどれもが快感と淫欲をかき立てていき、羞恥心がさらなる官能を引き出してくる。

粘膜を擦りながら、ずぶずぶと奥を目指す熱塊。それを受け入れようと必死な隘路。

二人が蕩《とろ》け合う。その感覚を覚えたとき、より彼の腰の動きが速まった。

「う……ぁ、ふぁ……っ」

「ぁ……美雪っ」

「あっ、や、ぁぁ！」

「美雪、みゆ……っ」

「も、イク……っ、あ、あ……っ、はぅん！」

腰が震える。身体の中で火花が散るような高揚感を覚えた。

「ああ、あっ、やぁぁあ――っ！」

「つくぅ……っ！」

ググッと最奥を強くノックされ、彼の腰がもっと近づきたいと私にくっついたとき。

ピンッと足が突っ張り、腰が小刻みに震える。

そして、一呼吸おいて、皮膜越しに彼の熱が放出されたのがわかった。

エピローグ

「お世話になりました！」

慣れ親しんだ人たちを前にして、私は笑顔で挨拶をする。

入社式があった四月から、すでに時は流れて八月末。蝉の鳴き声はまだまだ元気に鳴り響いているし、太陽はジリジリと熱く地面を照り返している。お盆明けからは寿子さんが復帰して、以前と同じ篁家のお屋敷に戻ったところだ。

恭祐さんとの交際も順調に進んでいるのだが、私はこの秋にとある会社に就職することが決まったので、今日このお屋敷を去ることになったのである。


四月に起きた、私の入社辞退騒動もひとまず終焉《しゅうえん》を迎えた。

幹久さんの悪事が明るみになったあの日。事のすべては両親の耳に入り、弁護士を通しながら話し合いが進められた結果、幹久さんはフランスへ行くことを命じられた。義母の親戚がフランスで起業しているらしく、そこで働くことにさせたという。彼は今後、日本には一切戻れないように監視をつけることにしたらしい。もちろん、私の前には一生現れないという誓約書も作成済みだ。

義母は今回の息子の不祥事に対し、私に土下座をして泣きながら謝ってくれた。それが心苦しくて、かえって申し訳ない気持ちになったものだ。

幹久さんは、どうして私にあれほどの執着心を見せていたのか。それは、義母の言葉で知ることになった。私とファミレスで初めて出会った当時。幹久さんは、友人に裏切られてズタボロになっていたという。そのときに出会ったのが、私だったようなのだ。『天使を見つけたんだ』と当時の彼は嬉しそうに義母に言っていたらしい。

「今思えば、その天使は美雪ちゃんのことを言っていたのね……」

そう言って寂しく笑っていたのが印象的だった。

落ち込んでいるときに見た、一筋の光。それに縋《すが》りたくなる気持ちはわからないでもない。

幹久さんは私を偶像化していたのだろう。愛とは少し違う形に変化してしまった結果、あのようなことをしでかしてしまったのかもしれない。

一方、幹久さんに荷担《かたん》した仁美ちゃんだが、あの日弁護士を挟んで彼女の両親と話し合いをしたという。未遂とはいえ、刃物を私に向けようと用意していたことで、裁判を起こすかどうかの選択を迫られた。

だが、私はそれを穏便に終わらせたいとお願いしたのだ。彼女も言わば被害者だから、と。

恭祐さんには「甘い！」と怒られたが、私はこれ以上事を荒立てたくなかった。だから、私はこれでよかったと思っている。

彼女からは、謝罪の手紙が届いている。それを受け取るたびに胸が痛く締めつけられてしまう。

今は、お互い距離を取った方がいい。いつの日か、昔の彼女に戻ってくれると信じている。きっと時間が解決してくれるはずだ。

そして、幹久さんのもう一人の協力者。それは、シャルールドリンク人事部の女性だったようだ。

入社式のあの日、受付で私の対応をしてくれた女性。彼女だったらしい。

彼女も仁美ちゃんと同様で、幹久さんに傾倒していたようだ。彼に振り向いてもらいたいという一心で、幹久さんの願いを聞いてしまったという。上司である平山さんに嘘をつき、書類も私の実家には送付せずに彼女が握り潰していたようだ。

とはいえ、彼女だけでなく他の社員も確認作業や書類送付をしていたようで、そうして届いた物は幹久さんが握り潰していたらしいが。

彼女に対しても、特に私からは訴える措置《そち》はしなかった。

恭祐さんとおじ様が心配してくれるのは嬉しいが、何もかもを忘れて新たなスタートを切りたい。そして、今回のことに関わったすべての人に、それぞれの場所で一からがんばってもらいたい。それが私の願いだと伝えてようやく納得してくれたのだ。

あの三人は、恋という魔物にとりつかれてしまっていた。

そして、それは誰にでも起こり得ることかもしれない。そんなことを思った一件だった。

あれから季節は変わり、気がつけば今年の夏も終わりに近づいている。新しいスタートを切るのに、いい季節だろう。

パンプスを履き、振り返って大好きな人たちを見つめる。

玄関先にいるおじ様は、今にも泣き出しそうな様子だ。おじ様が社長ではなく、第一秘書だと聞いたときには驚いたものだ。元々は篁社長――恭祐さんの父親の右腕として働いていたらしく、恭祐さんのことは彼が小さい頃から知っていたという。この篁家別邸を恭祐さんが管理することになったとき、おじ様は無理矢理一緒に住むことを決めたそうだ。

『恭祐さんは、放っておくと仕事ばかりして自堕落《じだらく》的な生活を送りますからね。監視しなくてはと思いまして』と言って、笑っていた。

そして、クローゼットの中の服。あれは、全部恭祐さんのポケットマネーから出ていたということを知った。『本当は矢上さんに任せるのではなく、自分で選びたがっていましたよ』とおじ様にこっそりと教えてもらったことは、恭祐さんには内緒だ。

すっかり仲良しになったおじ様たちとお別れするのは、やっぱり寂しい。おじ様たちも同じ気持ちでいてくれているようで、ほんわかと心が温かくなる。

「美雪さんがいなくなってしまうと、寂しくなりますね」

「おじ様、ありがとうございます。そう言っていただけて嬉しいです」

優しいおじ様、寿子さん、矢上さんに会えたからこそ、私は今こうして笑って皆の前に立つことができているのだと思う。

「今まで本当にありがとうございました」

ペコリと頭を下げ、玄関を出る。すると、そこには不機嫌極まりない様子の恭祐さんがいた。横付けされた車に寄りかかって腕組みをし、私にジトッとした視線を向けている。相変わらず仏頂面をしていても、眉目秀麗《びもくしゅうれい》な人だ。目を奪われてしまう。

トントン、と階段を下りて彼の前に立つ。だが、彼は未だに表情を和《やわ》らげてくれない。

「そんな顔、しないでくださいよ。恭祐さん」

「……誰が俺をこんな顔にしていると思っているんだ？」

「えっと……？　私ですか？」

「その通りだ」

全身から〝面白くない！〟というオーラを撒き散らしながらも、助手席の扉を開けてくれた。

ありがとうございます、とお礼を言って乗り込もうとしたのだが、それを彼の身体に阻《はば》まれてしまう。

「恭祐さん？」

「やっぱり帰したくない」

駄々をこねる三十五歳児。こうやって拗ねた彼は子供よりたちが悪いことを、私はこの半年間で思い知らされている。腰に手を置き、彼を諭《さと》した。

「何度も話し合いをしましたよね？　恭祐さんも納得してくれたじゃないですか」

「……」

無言のままそっぽを向く。そんな彼を見て、私は盛大にため息をついた。

実は、この秋から私は矢上さんの旦那様が社長を務めているＹＡＧＡＭＩセキュリティで働くことが決定している。

このお屋敷で働きながらも、就職活動は地道に進めていたのだ。タイミングよく求人が出ており、それにエントリーしたらみごと合格。

恭祐さんにも、そして矢上さんにも内緒で就職試験を受けていたので、内定したと伝えたときはかなり驚かれた。そして「辞退しなさい！」と皆から猛攻撃を受けてしまったのだ。なんでも、私をシャルールドリンク本社の秘書課に配属するよう準備してくれていたらしい。そんなこととはつゆ知らず、他企業への就職を決めてしまった私は、恭祐さんやおじ様、矢上さんに「考え直して」

と懇願されてしまったのである。

私としては策略に嵌《は》められたとはいえ、一度シャルールドリンクの内定を辞退した身だ。彼らが「気にしなくてもいい」と言ってくれても、やはり気になってしまう。それに、恭祐さんたちの力で入社することになったら、コネ入社みたいなもの。それでは、私が望む形の社会人ではなくなる。そう正直に自分の気持ちを伝えたら、ようやく皆が納得してくれたのだ。

そう、納得してくれたはずなのだが……。やっぱり納得しきれなかった人が一名いるようだ。

チラリと彼を見上げる。私と視線が合うと、ばつが悪そうな顔になった。頭では私の気持ちを理解している、だけど心が受け付けない。そんな感じなのだろう。

恭祐さんとしては、私がYAGAMIセキュリティに就職することまでは納得している。だが、この屋敷を出て行くことに関しては未だに納得できない様子だ。

私としては、今はもうこの屋敷の家政婦でもなければ、シャルールドリンクの関係者でもない。恋人としての関係は今まで通りなのだから、納得してもらいたいのだが……

(そりゃあ、私だって内心では離れたくないですよ？　恭祐さん)

大好きな人とずっと一緒にいたい。それは、私だって同じ気持ちだ。

恭祐さんに「ここから会社に通えばいいだろう？」と言われて、グラグラと決意が揺らいだのも確かである。こうして新居のマンションに向かおうとする今も、彼と離れたくないとこっそり思っているほどだ。

「なぁ、美雪。君を一生束縛する魔法をかけたい」

「え？」

「かけてもいいか？」

「……なんですか？　それは」

そんな魔法が本当にあるのならば、私が恭祐さんにかけてしまいたいぐらいだ。

私の左手を掴んだあと、彼はジャケットのポケットに手を突っ込み何かを取り出した。

私の左手を恭《うやうや》しく持ち、薬指に何かが触れる。

「え？」

冷たく光る、その正体はキラキラと輝くダイヤのリングだった。

薬指に収まったそれは、サイズもピッタリ。リングと彼を交互に見つめる。

「え？　これって？」

恭祐さんは、〝一生束縛する魔法をかけてもいいか〟と言っていたはずだ。もしかして……

「三枝美雪さん」

「は、はい」

ハッと我にかえって返事をすると、彼はリングにキスを落としながら私を見つめてきた。

「俺と、結婚してくれないか」

「っ！」

「君は、これから社会に羽ばたく。そんな美雪を束縛してはいけない、自由に飛び立たせてあげたい。堅物で大人な考えの俺は美雪の背中を押してやろうとした。だが——」

再びリングと薬指に唇を寄せ、困ったように眉尻を下げる。

「美雪を愛する、ただの男の俺は、それを許したくなかった。これでは、君の義兄と一緒だな。束縛する男は嫌いか？」

「恭祐さん」

確かに一緒かもしれない。だが、決定的に違うのは、恭祐さんになら囚われてもいいと思っていることだ。

ギュッと手を握りしめられ、そのまま彼の腕の中へと導かれる。

彼の背中に腕を回し、キュッとしがみついた。

彼の体温、匂いを感じながら強気な口調で言う。

「束縛、上等です。かかってこい、ですよ。そのかわり……」

背伸びをし、彼の耳元で囁《ささや》く。

「私だって束縛しちゃいますから。覚悟してくださいね」

私を抱いていた腕を少し緩《ゆる》め、彼は私を見下ろしてきた。

「じゃあ、早速。美雪を大きな檻の中に招待する。きっとそこで息を潜めて俺たちの行く末を盗み聞きしている連中には監視役になってもらおうか」

「もう。なんですか、それ」

クスクスと笑い声が私の口から零れると、先程までの仏頂面はどこへ行ったのやら。恭祐さんは、満面の笑顔だ。なんだか嬉しくなって楽しげに笑う彼の頬にキスをした。

おでことおでこを付けてお互いの視線を絡ませ、これからの未来を想像して楽しくなってくる。

彼は大企業の御曹司だから、結婚するにあたり今後私では太刀打ちできない難関に苦しむこともあるだろう。

それでも……彼の傍にいたい。

そんな私の不安を汲《く》んでくれたのだろう。彼は、私の両頬をその大きな手で包み込んでくる。

「俺は、美雪を愛し抜く」

「え？」

「美雪が何かに囚《とら》われそうになったとしても、俺は全力をかけて君を愛し抜くから」

まっすぐに私を見つめる彼の目は、出会った頃と同じでとてもキレイだ。

常に仏頂面な彼が、唯一感情を表すのがこの目。その目を、これからも信じていればいい。そう思った。

何かの儀式のようにゆっくりと唇を重ねてくる。それに拒むことなく応えた私だが、彼はもっとキスをご所望《しょもう》のようだ。だが、すぐ傍には恭祐さんが言う、監視役の存在がある。

キスを続けるのを止めようとしたのだが、彼はギャラリーがいることをすっかり忘れて甘く囁《ささや》いてくる。

「足りない、もっとだ」

私の左薬指に触れ、永遠の愛になるように願い——

彼は、甘く囁《ささや》きながら私の唇を食んできた。

番外編　かわいすぎる君を愛し抜きたい

（……やっぱり、美雪にはうちの会社で働いてもらいたい。いや、働くべきだ！）

俺は今し方送られて来たメッセージと写真を見て、静かに嫉妬心を燃やしつつそんな思いを強めた。

今日は日曜。美雪も仕事はお休みだ。

しかし、彼女は勤め先の忘年会兼クリスマスパーティーに招《まね》かれていて不在である。

そんな訳で、現在この篁別邸には俺一人だけ。日曜日ということで家政婦の寿子さんは来ていないし、高村は孫と過ごすために娘夫婦のところに遊びに行っている。

ここひと月ほど仕事がとても忙しく、なかなか美雪とのんびりすることができなくてフラストレーションが溜まっていた。そんな中、ようやく休みが取れたので、彼女と二人きりで過ごすことができると期待していたのだが……

残念ながら、それは叶わなかった。美雪の方に予定が入っていたからだ。

職場の人たちとの交流の場は必要だし、この時期ともなればどこでも忘年会が行われる。特に美雪は入社したばかり。欠席することなどできなかっただろう。仕事をする上では付き合いも大切だ。だから、美雪が仕事場のパーティーに行くことを止めようとは思わない。

ただ、今日は彼女と一緒に過ごすことができると思っていた分、落胆が大きいだけだ。

我ながら子供っぽい思考に苦笑してしまう。

だが、そんな感情が生まれていること自体、俺にとって希有《けう》なこと。それほど、ここ数年、喜怒哀楽は薄かったのだ。

人間らしい感情を呼び起こせたのは、美雪と出会ったから。彼女を愛し始めてからは、自分でも見たことがない自身を見る機会が増えている。見たくもない感情――独占欲やら嫉妬心などを見ることにも繋がってしまったので、なんとも言えない気分にさせられるのだが……

今にも雪が降り出しそうな空を見上げて、ため息を一つ零す。

美雪は、今年の九月からＹＡＧＡＭＩセキュリティで働き始めている。

就職することにより、この篁別邸から出て行こうとする彼女にプロポーズをしたのは八月の末。決死のプロポーズにＯＫをもらい、美雪は俺の婚約者としてこの篁別邸で再び一緒に住むことになった。

二人の関係は順調で、何も文句を言うことはない。双方の両親も結婚に賛成してくれた。

しかし、籍を入れるのはもう少しあとにしようと彼女と話し合って決めている。美雪に社会人として、社会をもっと見てもらいたいと考えたからだ。

もちろん、結婚してからも経験できることだとは思うが、独身だからこそ手に入れられる自由というものはある。それを奪ってまで、彼女を束縛したいとは考えていない。

社会人として経験と自信を着実につけている彼女を見ていると、他の男に横からかっ攫われるのではないかという不安がないと言ったら嘘になる。

それでも、やはり美雪の背中を押してやりたい。彼女より年長者である俺は、傍で見守ってやりたいと思っているのだ。彼女自身が外で経験を積み、覚悟を持って俺の妻になりたいと言ってくれるのを待つつもりである。

今春すったもんだあった美雪は、この秋にようやくスタートラインに立つことができて、社会人一年目として意欲的に仕事をしている様子。入社してすぐ配属されたのは、秘書課だ。今は勉強期間ということで、先輩たちに教えを乞《こ》うている状況らしい。

目を輝かせて社会人生活を送っている美雪を見ると、安堵する。

春先から、彼女は本当に大変だった。だからこそ、充実した日々を過ごしている彼女を見るとホッとするし嬉しい。中途採用をしてくれたＹＡＧＡＭＩセキュリティに感謝しなければと思う。

本心で言えば、ＹＡＧＡＭＩセキュリティには行かずに俺の秘書をしてくれたらと思ったが、それでも彼女自身が切り開いた道だ。応援するのが、恋人として、婚約者として当然だろうと思っていた。

いや、思おうと言い聞かせていたと言った方が正しいかもしれない。

そんな思いを抱くことになった理由は、ひっきりなしに届いているメッセージのせいだ。苛立《いらだ》つ気持ちを抱きながらも、これが理由でイライラしていたら相手の思うツボだろうと自身を叱咤する。送信者も、俺が苛立《いらだ》つことがわかっていて敢《あ》えてメッセージを送ってきているはず。だからこそ、怒りを静めたい。だが、腹の底から怒りが込みあげてきてしまうのだから仕方がないだろう。

再びメッセージアプリを見て、盛大にため息をついた。

苛立《いらだ》つ原因のメッセージを送ってきたのは、友人である矢上敏也《としや》——俺の第二秘書の夫だ。

俺は小中高とエスカレーター式の学校に通っていたのだが、そこで彼と出会った。所謂《いわゆる》幼なじみという間柄だ。

彼の実家は、オフィス警備、防災、情報セキュリティなどを取り扱うセキュリティ会社を営んでいる。その会社を敏也が数年前に継ぎ、彼はYAGAMIセキュリティを国内大手と言われるまで大きくしたのだ。その手腕は目を見張るものがあり、経済誌やメディアに取り上げられるほど。

世間では『YAGAMIの貴公子』なんて言われているが、アイツのことを知っている人間からしたら否定して回りたいぐらいだ。

確かに見た目は、貴公子と呼んでもいいほど整った容姿をしている。仕事はできるし、カリスマ性もあるだろう。

しかし、プライベートとなると……貴公子と呼んでいいものかと疑問が残る。女性に困らない容姿をしているし、ステータスもあるが、敏也は驚くほど初々しい男だ。好きな女性にアプローチができず、失った恋はいくつもあることを知っている。

そして、彼が「人生最後の恋」と覚悟を決めて好きになった女性は、俺の第二秘書をしている矢上だ。今は俺の第二秘書をしてくれている彼女だが、元々は専務付きの秘書だった。何かのパーティーで矢上を見初《みそ》めた敏也が、俺に仲を取り持ってほしいと懇願してきたのである。俺が専務と顔見知りだとどこかで聞きつけてきたようで、土下座するぐらいの勢いで頼み込んできたときは焦ったものだ。俺が仲を取り持ったおかげで敏也と矢上は付き合うことになり、それから数年後に二人は結婚をした。

そして、今春。俺がシャルールドリンク社長に就任となり、彼女は第二秘書になったのだが……嫁命、である敏也は、矢上が未だにシャルールドリンクに勤めていることが気に食わないらしい。

ついでに、彼女の上司が俺になったのも悔しくて仕方がない様子だ。

聞いた話では、自分の妻をYAGAMIセキュリティに引き抜きたいがために、シャルールドリンクを退職させようとしたらしいのだが……。彼女が、それを一蹴。

『イヤよ。私、シャルールドリンク好きだし。子供ができたとしても、産休制度を使って復帰するつもりよ』と敏也の願いを切り捨てたらしい。そんな経緯があり、俺は敏也に八つ当たりをされている状況だ。夫婦間の問題を、こちらに向けてほしくないというのが本音である。

再び携帯を見て、盛大にため息を零す。送られてくる敏也からのメッセージの数々は、日頃の鬱憤を晴らしたくてしているのだろう。ヤリ手の貴公子が聞いて呆れる。もう一度、大きくため息をついていると、再びメッセージの到着を知らせる電子音がピコンと鳴った。

『うちの秘書見習いと俺の嫁、かわいいだろう』

というメッセージのあとに、美雪と矢上がにこやかにほほ笑んでいる写真が届く。

今日のパーティーはホテルの宴会場を借りて行われるということで、美雪はドレスアップしている。先日、俺が彼女に買ってあげたドレスだが、とてもよく似合っていた。

働くようになり、ますます輝きを増す美雪。大人びた表情の中にも、以前のかわいらしさも感じた。

頬が赤くなっているので、アルコールを飲んでいるのだろうか。潤《うる》んだ目が誘われているように見えてしまう。

こんなに無防備な笑みを浮かべ、初々しい色気を醸《かも》し出していたら……

周りの男たちの目に留まってしまう。そんな焦燥感を覚える。

全く余裕がない。いい年をした大人が、情けないだろう。

しかし、相手は美雪だ。俺の感情など、いくらでも揺さぶられてしまうのは仕方がない。

平常心を心がけようとするのだが、その間にもいくつもスタンプが送られてくる。それも、ニヤニヤと笑っている動物のスタンプばかりが連なっていく。

だが、それだけでは物足りないらしい。なんともチャラチャラしたメッセージが、ピコンピコンという電子音とともにいくつも立て続けに送られてきた。

それらを見て、俺の頬はピクピクと動く。怒りを抑えながらも、携帯を握り潰してしまいそうなほど手に力が入ってしまう。

俺が怒っているだろうことは、敏也とてわかっているはず。わかっているからこその、このメッセージとスタンプだ。敏也は、俺が地団駄を踏んでいるのを想像しながら面白がってメッセージを送ってきている。

『いいだろう、いいだろう！　羨ましいだろう』

『美雪ちゃん、うちの会社の男どもに大人気だぞ。重役たちもかわいがっているし、秘書課の人気者だ』

『絶対にお前のとこには渡さないからな～』

最後の文面を見て、「上等だ」と頬が引き攣《つ》る。恩人に対しての礼儀がなっていない。

敏也からのメッセージなどには目もくれず、同じ頃に美雪から送られてきた写真とメッセージに切り替える。

『同期の子たちと楽しんでいます』

同期と言っても、半年ほど入社時期がずれている。そんな後から入社した美雪に対し、一足早く入社していた同期たちは温かく迎えてくれたという。

一緒に送られてきた写真を見ると、美雪と同期の三人で楽しげにピースサインをしている。彼女と出会った頃には見ることができなかった笑顔。弾けるような明るい表情を見ると嬉しい。

ほっこりとした気分で眺めていると、ピコンとメッセージの着信を知らせる音がする。

そのメッセージは美雪からで『本当に迎えに来てくれるんですか？』というメッセージと、首を傾《かし》げているウサギのスタンプが送信されてきた。そのスタンプが、彼女らしくて頬が緩《ゆる》んでしまう。

パーティー会場となっているホテルは、篁別邸から車で三十分ほどの距離にある。美雪はここからホテルまで公共交通機関を使って行こうとしていたが、俺が車に押し込んで送っていったのだ。

ホテルに着いたときに『あとで迎えに来るから、終わったら連絡しなさい』と言っておいたのだが、そのことを言っているのだろう。自分で帰ります、と言い張っている美雪の主張を聞かず、俺は手を振ってその場をあとにしたからだ。

このメールは、俺に迎えに来てもらうことを遠慮するために送ってきたのだろう。

彼女の性格からして、なんでも一人でやろうとする。人に頼るということをしないのだ。

それは生い立ちにも関係しているのだろう。それがわかっているので、こちらとしては何がなんでも甘えてほしいと考えている。

俺が迎えに行くことは、決定事項だ。夜は遅くなるし、なによりアルコールを摂取していそうなので足取りだって心配である。普段からそこにいるだけで愛らしいのに、今日はパーティー仕様でドレスアップをしているのだ。〝かわいい〟に〝キレイ〟も加えられた彼女に、横恋慕《よこれんぼ》しようとする輩《やから》が出ないとも限らない。

そんなふうに考えること自体、今までの俺ならあり得ないことだ。思わず苦笑いが出てしまう。

彼女がなんと言おうとも、絶対に迎えに行こうと心に誓っていると、再びピコンとメッセージを知らせる電子音がした。

『お迎え、お願いできますか？』

伺いから、お願いに変わった。そのメッセージのあとには、ウサギがペコリと頭を下げているスタンプが送られてくる。

俺は、思わず目を見開いた。普段の美雪だったら、丁重に断るメッセージを送ってきたはずだ。それなのに、迎えに来てほしいと俺にお願いしてくるなんて……。

思わず頬が緩《ゆる》んでしまう。目尻も下がっているだろう。彼女にお願いされて、頼られて嬉しくないはずがない。

『もちろん、迎えに行く。ロビーで待っていて』

すぐさま返事を送ると、『わかりました。よろしくお願いします』と彼女らしい丁寧な言葉が返ってきた。

彼女が俺に甘えてきた理由。色々と考えたが、もしかしたら酒を呑《の》みすぎて足取りが怪しいのかもしれない。自力で帰ることができなさそうと思ってのメッセージだったのだろう。

時計を確認すると、そろそろ家を出てホテルに向かった方がいい時間だ。

コートを手にして部屋をあとにする俺の顔は、とても緩《ゆる》んでいるだろう。

(敏也には、見せることができないな)

常にデレまくっている彼を、呆れ顔で窘《たしな》めたことは何回もある。だが、今の自分は〝嫁命〟と言い切っている敏也とさほど変わらない顔をしているだろう。

小さく笑い声を出したあと、そんな自分も悪くないと思いながら車に乗り込んだ。


(あれは……美雪か?)

ホテルには、パーティーの終了時間より早く到着した。美雪が会場から出てくるのはまだだろうと、ロビーにあるソファーに腰を下ろしたときだ。彼女の姿を見つけた。

だが、彼女の傍らには男がいる。同期か、それとも同じ課の先輩だろうか。警戒して見つめていたが、男の方が彼女の肩を掴んで何かを必死に言っている。

一方の美雪は、どう見ても困っている様子だ。

慌てて腰を上げて二人に近づいていくと、男の声が聞こえてきた。

「三枝さん、このあと二人で飲みにいかないか?」

「いえ、私はこれで失礼しようと思っています」

「君と二人きりで一度話してみたかったんだ。時間を作ってほしい」

「スミマセン。迎えが来ますので」

美雪が困った顔で尻込みしているのに、相手の男はグイグイと迫っている。

より彼女に近づこうとする男を見て、頭に血が上りそうになった。

俺は、咄嗟《とっさ》に声をかける。

「美雪」

「恭祐さん！」

明らかにホッと胸を撫で下ろした様子で、美雪は安堵した表情を浮かべた。

彼女の肩を抱き、俺はその男を静かに睨《にら》みつける。

「彼女に何か用事でも？」

努《つと》めて冷静に言う。ここで声を荒げてはいけないと理性が止めたからだ。

その男は、俺が美雪の肩を抱いていることが不愉快だったのか。顔を歪《ゆが》める。

「貴方は誰ですか。今、彼女と話しているのは俺ですが？」

俺よりはかなり年下であろう。もしかしたら、彼もまた美雪と同じで新入社員なのかもしれない。

スラリとした容姿で、なかなかな男前だ。だからだろう。自分に自信があるようで、威圧的な態度である。俺の顔を見て何か思うことがあったのか。彼は、鼻を鳴らす。

「もしかして、三枝さんの婚約者って貴方ですか？」

どうやら社内では、美雪が婚約していることは知れ渡っているようだ。

それなら遠慮はいらないだろう。俺は、その男に視線を向けたあと、唇に笑みを浮かべる。

「ああ、そうだが。君は？」

余裕な様子でほほ笑む俺を見て、癇《かん》に障《さわ》ったのか。

その男は一瞬だけ押し黙ったが、すぐに気を取り直したようで口を開く。

「俺は、三枝さんの同期です」

「ほぉ……。美雪の同期だから、あれだけ強気に口説いていたということか。同期という気安い立場だからとしても、女性を不安にさせる態度は男としていかがなものか」

「っ」

どうやらイヤミは通じたようだ。

傍らで俺たちのやり取りを不安そうに見つめている美雪に視線を落とす。俺と視線が合うと、申し訳なさそうな表情を浮かべてきた。彼女に「大丈夫だ」と目で合図をする。

すると、美雪の同期だという男は、なぜか食ってかかってきた。

「確かに……彼女に無理強いしていたことは申し訳なかったと思います。ですが、貴方は婚約者面《づら》して彼女の未来を奪うつもりですか？」

「……何？」

意図せずに声が低くなる。俺が不機嫌になったのが、その男にもわかったのだろう。

ニヤッと口角を上げて喜んでいる。

「見た感じでは、三十超えていますよね？　三枝さんとは十歳は年が違うんでしょう？　それだけ年が離れていれば、彼女と話や考え方が合わなくないですか？」

「……」

「ジェネレーションギャップを感じることはないんですか？　きっと、彼女は感じることがあると思いますよ？　だって、考えてもみてください。俺たちが小学一年生のとき、貴方は中学生？　それとも高校生だったのでしょう？」

何も言わない俺を見て、いい気になったようだ。クスクスと楽しげに笑う様《さま》は、見ていて苛立《いらだ》つ。

「彼女の未来はこれからです。こんなに若いうちから一生のパートナーを決めるなんて馬鹿げていますよ。だからこそ、俺が彼女を口説いたんです」

「……」

「若い者同士の方が、彼女にとってもいいと思いませんか？　三枝さんのことを思っているのなら、手を離すことも優しさの一つだと思いますけどね」

彼が言っていることは正しくもあり、間違いでもある。俺が答えを出す立場ではない。それを考えるのは、美雪だ。彼女が俺から離れたい。そう願うのなら、それに応えるかもしれない。俺は、彼女の幸せだけを願っているからだ。だが——

得意満面な男を冷たく見つめ、ゆっくりと口を開く。

「俺からは、美雪を手放さない、絶対に。そう決めている」

男が口を挟もうとするのを、強気の言葉で掻《か》き消す。

「傲慢だと詰《なじ》ればいい。女性一人に必死になる俺を笑えばいいだろう。しかし、他人の声など俺は聞かない」

「っ」

「ただ、俺は美雪を幸せにすることだけを考えている。それだけだ」

キッパリと言い切る俺を見て、彼は口ごもっている。そんな彼に、畳《たた》みかけるように言う。

「君は彼女を口説くつもりのようだが、覚悟を持っているのか？　ただ、一時《いっとき》の感情と快楽のためだけに口説くつもりなら止めてくれ。美雪に失礼だ」

一歩踏みだし、彼に近づく。すでに宣戦喪失をしている様子の彼は及び腰だ。

さらに追及しようとすると、ギュッと美雪が抱きついてきた。

恥ずかしがり屋の彼女が、人前で抱きついてくるなんて初めてじゃないだろうか。

驚いている俺ではなく、美雪は同期の彼に顔を向けてキッパリと言い切った。

「恭祐さんに……、私の婚約者に謝ってください」

「三枝さん？」

「恭祐さんは大人で格好よくて、仕事もできて……とっても素敵な男性です。彼から見たら、私なんて子供も同然だと思います。それでも……彼は私を求めてくれている。それに、私は彼の傍にいたい。傍にいるって決めたんです」

俺の腰に回している手が微かに震えている。他人に抗議をするなんて、彼女にしてみたらあまりしたことがない行為だろう。それも相手は、彼女にとっては同期だ。できれば波風を立てたくはなかったはずだが、彼女が必死になって俺を庇《かば》ってくれている。彼女の震える手を、俺は包み込むように握った。

体温が溶け合うと、ゆっくりとだが震えが収まったように感じる。

美雪がこんなふうに強く抗議してきたことがなかったのだろう。

同期の彼は、目を剥いて驚いている。だが、すぐにばつが悪そうに視線を彼女からそらした。

「わかったよ、三枝さん。でも、後悔しない？　こんなに若いうちに、生涯のパートナーを決めることに躊躇《ちゅうちょ》しないの？　社会に出たばかりだよ？　これから先、色々な出会いがあると思うのに……」

彼としては率直な疑問だったのだろう。それを聞いた美雪は間髪容れずに、言い切った。

「後悔なんてしません。絶対に。心配には及びません！」

清々しいまでの宣言に、同期の彼は手を上げてため息をつく。

「俺の負けだよ、三枝さん」

そう言うと、彼は俺に小さく頭を下げる。そして、そそくさと会場の中へと消えていった。

ホッと息をついた美雪は、今のこの状況に改めて気がついたのだろう。すぐさま俺から離れようとする。だが、それを俺は阻止した。美雪の肩を抱くと、そのまま強引に腕の中へと導く。

「恭祐さん！　ここ、ロビーです」

「ああ」

「人に見られちゃいます！」

「そうだな」

「そうだなって……」

「でも、さっきは美雪だって俺に抱きついてきただろう？　一緒じゃないか？」

「そうですけど！」

美雪は大いに慌てているが、俺はそれを受け流す。

「見られてもいい」

「え？」

「美雪が俺の婚約者だと、世界中の人たちに言いたいぐらいだからな」

「っ！」

腕の中で、美雪が硬直したのがわかった。それと同時に、耳も項《うなじ》も真っ赤に染まる。かわいい。

「美雪は、俺と一緒にいることが恥ずかしいのか？」

「そういう質問は狡《ずる》いですよ、恭祐さん」

確かに狡《ずる》いかもしれない。小さく笑うと、彼女はむきになって言う。

「そうじゃないって、わかっていますよね？」

「ああ、わかっている。美雪は恥ずかしがり屋だからな」

「わかっているなら、離してください。もうすぐ、会場から人が出てきます」

戸惑っている美雪の真っ赤に色づいた項《うなじ》に指を沿わせる。

煽情的《せんじょうてき》なそれは、俺でなくとも男は魅力的に感じるだろう。そう考えたら面白くなくて、彼女が困っているのを知りながらも抱きしめるのを止められない。

そのままの状態で、俺は気になっていたことを聞いてみた。

「どうして、今日は俺に甘えてきたんだ？」

「え？」

「メッセージ。いつもの美雪だったら、自力で帰るって言うだろう？　俺がどれだけ迎えに行くと言ったとしても、断固拒否の姿勢を貫いたはずだ」

「……」

「美雪？」

彼女の項《うなじ》が、先程より赤くなった気がする。不思議に思って首を傾《かし》げていると、美雪はゆっくりと俺を見上げてきた。上目遣いをして頬を真っ赤にさせると、ドキッとしてしまうほど色っぽい。

息を呑んでいると、彼女は目を泳がせて小さく呟いた。

「恭祐さん、もうすぐお誕生日ですよね？」

「あ、ああ。大晦日だからな」

「私、恭祐さんにプレゼントがしたくて、社長と矢上さんに相談したんです。恭祐さんは何をもらったら喜ぶと思いますか、って」

モジモジと恥じらいながら、俺の目をジッと見つめてくる。

その仕草が、反則的にかわいい。ドキッと胸を高鳴らせていると、彼女は指で手遊びのようなことをしながら言う。

「そうしたら……。物より態度だって言われて。私が恭祐さんに甘えれば、それだけで喜ぶからって」

確かにその通りだが、それをあの二人に見抜かれていることになんとも言えない気持ちになる。

複雑な思いを抱いている俺には気づかず、美雪は困り顔で経緯を説明してきた。

「まずは、甘える練習をした方がいいってアドバイスされて……」

「なるほど。それで、迎えに来てほしいとメッセージを入れてきたのか」

「はい」

恥じらう美雪があまりにかわいくて、抱きしめる腕の力を強めてしまう。

だが、腕の中の彼女は、ますます顔を真っ赤にさせて澄んだ目で見つめてきた。

「甘える練習でもあったんですけど……。本当は、私の我儘《わまま》でもあるんです」

「え？」

「恭祐さんと一緒の時間がほしくて」

「っ！」

驚いて美雪を見つめ返すと、彼女はサッと視線を落として恥ずかしがる。

「ここ最近、すれ違ってばかりじゃないですか。私が休みでも、恭祐さんがお仕事だったりして。今日は、その逆だったし」

「ああ、そうだな」

二人でいる時間がなく、寂しく思っていたのは俺も一緒だ。素直に頷くと、彼女は言いづらそうに呟く。

「恭祐さんが、ここに迎えに来てくれたら……。帰る途中もお話しできるなぁって。三十分は早く会えるなぁと思って」

「……」

「だから、社長たちのアドバイスに乗っかってしまいました」

言い終わると、羞恥心に耐えられなかったのだろう。俺の胸に顔を埋めてきた。その仕草が堪《たま》らない。もう、我慢できない。キュッと彼女を抱きしめ、耳元で囁《ささや》く。

「もう、抜けていいのか？」

「え？　あ、はい。そろそろ恭祐さんがホテルに迎えに来てくれるって言ったら、社長が先に帰っていいよって言ってくれました」

それなら、このまま美雪を連れ去っても問題はないだろう。

彼女を腕の中から解放したあと、今度は細腰を抱いた。

「行こう」

「え？　恭祐さん。そっちは出口じゃないですよ」

美雪の指摘通り。俺の足が向いた先はホテルの出口ではなく、反対方向に向かっている。

オドオドしている美雪を連れ立ち、足が止まったのはフロントだ。

「今日はここで泊まる」

「え？」

「少しでも長く、美雪との時間を楽しみたい」

「っ！」

「俺だって、美雪と一分でも一秒でも早く会いたかったんだ」

「恭祐さん？」

これ以上ないほど真っ赤に染まった美雪の耳元に、愛をたっぷり込めて囁《ささや》く。

「もう、我慢できない」

「え？」

目を丸くして驚く美雪を見て、口角を上げる。

「こんなに、かわいい君を見せつけられたんだ。我慢なんてできるか」

「き、恭祐、さん？」

「今夜は……覚悟しろよ？」

息を呑んだ美雪だったが、小さく頷いた。

ちょうど客室最上階にあるスイートルームが空いていて、ルームキーをフロントスタッフから受け取る。美雪の腰に手を回し、俺は逸《はや》る気持ちを抑える気もなく足早《あしばや》にエレベーターへと乗り込んだ。

エレベーターの中には、俺たち二人のみ。

扉が閉まった瞬間、俺は彼女の頭をかき抱いていた。

「っ……ん、ぁ」

余裕など皆無だった。ただ、美雪のすべてがほしい。それだけだった。

欲望に忠実に、俺は彼女の唇に齧《かぶ》りつく。甘い吐息が零れ落ちるのを確認し、彼女が蕩《とろ》けていく過程を楽しむ。小さく喘《あえ》いだかわいい唇の隙間をぬって、ヌルリと舌を滑り込ませた。彼女のすべてを味わうつもりで、ゆっくりと舌を動かす。

甘い。彼女とキスをするたびに思う。官能的で、甘い。ずっと味わっていたくなる。

元々、俺は甘党ではない。だが、この甘さだけは癖になる。もっともっとと欲しくなるのだ。

彼女の耳元に手を沿わせながら、この甘美な唇を味わう。

だが、すぐに美雪は俺の胸板を押して距離を取ってきた。ハァハァと荒い呼吸をし、真っ赤な顔をして俺を諫《いさ》めてくる。

「恭祐さ……ん。ここ、エレベーターの中です」

「知っている」

「知っているって」

即答した俺を見て、美雪は呆気《あっけ》に取られている。そんな彼女を再び抱き寄せ、唇を奪った。

「ふっ……はぁ……っ」

悩ましげな吐息を聞いたあと、一度彼女の唇から離れる。そして、すぐさま自身の唇は彼女の耳へと移動した。舌を使って耳殻《じかく》を舐めながら、懇願するように囁《ささや》く。

「どんな場所にいたって、どんなときだって……。美雪に欲情しているし、襲いたいって思っている」

「な……何を、い……って」

俺に縋《すが》るように、コートの襟をキュッと握ってくる。

そうしていないと、立っていられないのか。ピッタリと俺の胸に頬をすり寄せてきた。

「抑えきれない欲望を抱いている相手に、あんなにかわいいこと言われてみろ。我慢しろという方が無理だ」

「恭祐さん」

熱く甘い吐息を漏らし、俺をジッと見つめる美雪の目は淫欲に満ちている。

ゾクリとするほどキレイで淫《みだ》らだ。

もう一度、彼女の唇を味わおうかと思ったとき、ポーンという音と共にエレベーターが止まる。

キスができなくて残念だが、なんとか部屋までは我慢しなくては。

ゆっくりと扉が開き、俺は美雪の手首を掴んで部屋へと向かう。

このフロアは、ジュニアスイートとスイートのみだとフロントマンは言っていた。

極端に部屋の扉が少ないせいか、目的地までの距離が遠く感じる。

俺はもう……我慢できなくなっていた。早く美雪に触れたい。その一心だ。

部屋の鍵を解錠し、扉を開く。そのまま、美雪の手首を掴んで中へと入る。

すぐさま扉を背に美雪を押しつけ、囲い込むように両手を突いた。

「美雪、好きだ」

「恭祐さん」

「さっき、君は言っただろう？　俺が美雪を子供同然だと思っていると。だが、それは間違いだ」

「え？」

「子供だと思っている女性に、俺はこんなに欲情をかき立てられる訳がない」

涙目で俺を見上げてくる彼女の頬に手を伸ばし、ゆっくりと撫でて慈しむ。

「美雪がほしい」

「……本当ですか？」

「嘘だと言うのか。こんなに君を欲しがっているというのに」

彼女の足の間に、自身の足を入れ込む。逃げられないように身体を密着させ、すでに暴走しそうになっている熱く昂ぶった猛りを押しつける。

それに気がついたのだろう。美雪はハッとした表情になったあと、顔を真っ赤にさせた。

両手で彼女の頬を包み込むようにし、ジッと見つめる。最初は戸惑った様子で視線を泳がせていた彼女だったが、俯《うつむ》いたあとに小さく呟いた。

「……私も欲しい、です」

「美雪？」

「私だって、いつも恭祐さんが欲しいです」

彼女はゆっくりと顔を上げると、懇願するように言ってくる。

「ずっとお互い忙しくて……。寂しかったです」

美雪が俺の頬に手を伸ばしてくる。手から伝わってくる彼女の熱を感じ、身体が一気に高ぶった。

妖艶で美しい美雪を見て、本当に触れていいのかと身体が硬直してしまう。

そんな俺を、彼女は艶《つや》っぽい目で見つめてくる。

「いっぱい、くっつきたいです」

反則だと思った。ブルッと身体が淫《みだ》らな予感に震える。

「そんなこと言うと、どうなるかわからないぞ？」

最後通告のつもりだった。男をそんなに煽れば、どんなことになるのか。美雪には、しっかり教え込む必要がありそうだ。

そんな俺の気持ちなど知らない様子で、彼女は無邪気にほほ笑んでくる。

「どうなっても……、いいです」

その言葉を聞いた瞬間。余裕がすっかりなくなった俺は、彼女を抱きしめてキスを再開させていた。

キスをしたまま、もつれ込むようにベッドルームへと向かう。その最中にも、お互いの服を脱がしていく。歩いた先には服や下着が落ちていき、裸になったところでようやくベッドにダイブした。

美雪を押し倒し、激しいキスを繰り返す。舌と舌を絡み合わせ、ザラザラした部分を擦りつけ合う。二人の呼吸は乱れ、とにかくお互いを求めようと必死だ。

ようやく唇と唇が離れるが、それを惜しむように銀色の糸がツーッと伸びて切れた。

美雪の腰を跨《また》ぎ、彼女の魅惑的な身体を見下ろす。雪のように白い肌が、ほんのりピンク色に色づいている。柔らかな身体に早く触れたい。そんな欲求は止まらない。

指は首筋を伝って肩を通り、華奢《きゃしゃ》な腕を手に取る。小さな手が、またかわいらしい。

彼女の手を恭《うやうや》しく取ってその指先にチュッとキスをすると、くすぐったそうに美雪は身体を丸める。やっぱり、かわいい。人差し指をパクッと咥《くわ》え、ゆっくりと舌を這《は》わせてしゃぶる。

「っ……！」

美雪が息を呑《の》んだ。何度も繰り返し指をしゃぶると、彼女の身体が身悶えているようで反応してくる。指をしゃぶりながら、彼女を見つめた。俺と視線が交わった瞬間、ドキッと胸を高鳴らせたのか。潤《うる》んだ目をしながら、身体を震わせている。指をしゃぶって反応を見ていようかと思ったのだが、彼女がそれを止めてきた。

「恭祐さん……、もっと触って、ほしい……です」

蚊が鳴くような小さな声で、かわいくおねだりしてくる。

わざととぼけた様子で、美雪に聞く。

「指を、もっとしゃぶってほしいのか？」

「意地悪！」

そっぽを向いて唇を尖《とが》らせている彼女もかわいい。そんな仕草が見たくてわざと言ったと知ったら、怒ってしまうだろうか。彼女に覆い被さり、声を出して笑いながら耳元で囁《ささや》いた。

「じゃあ、もっと感じるところに触れるから。待ったはないぞ？　いいか？」

俺の問いかけに、彼女は頬を赤く染めながら頷く。

彼女にほほ笑みかけたあと、俺の手は胸に触れた。

柔らかい感触を楽しみながら、指で胸の先を摘《つ》まむ。そして、クリクリと扱《しご》くようにすると、美雪の腰が跳ねた。その反応がかわいくて、俺は胸を鷲《わし》づかみにしてむしゃぶりつく。舌で円を描くように、胸の先端を舐め回す。もう片方は、指で何度も頂を弾いては彼女の反応を待つ。

「あぅ……あ、んん……っ」

ひっきりなしに甘く啼《な》く彼女を見て、もっともっと善《よ》がってほしいとさらに舌の動きを速めた。

チュパッと音を立てて頂から口を離したあと、白い胸に吸い付き赤い華をいくつも散らしていく。

真っ赤に染め上がったそこを見て満足気に頷いたあと、彼女の太股《ふともも》に手を伸ばす。

何度か撫で上げるように動かしたあとに立て膝にさせ、俺を誘っている陰部を曝け出した。

彼女が恥ずかしがって抗議の声を上げる前に、茂みに隠れた蜜芽を舌で探る。

「ああっ……！」

快感のあまり小さく跳ねて逃げようとする彼女の腰を掴む。

そして、逃がさないとばかりに割れ目をなぞり舌を動かした。淫《みだ》らな滴は、俺の舌を楽しませるかのように次から次に零れ落ちてくる。それを舌で掬《すく》い、何度も舐めては甘い蜜《みつ》を堪能した。泣き出してしまいそうなほど甲高い声で喘《あえ》ぐ美雪の腰を上げ、舐めている様子を彼女に見せつける。

腰が揺れ、唇を噛みしめて快感に耐える仕草は、俺の淫欲をよりかき立てていく。

蜜《みつ》が滴っている隘路に、人差し指を沈ませる。同時に蜜芽を親指で擦り上げると、彼女は背を反らして身体を震わせた。クチュクチュと湿った音を立てながら、何度もナカを擦り上げていく。

熱く柔らかい隘路は、指で触れていても気持ちがいい。だが、自身を入れ込んだら目が眩《くら》むほどの快楽を得られるだろう。ゴクリ。音を立てて、生唾をのみ込む。

かわいく喘《あえ》ぎ続けている美雪に視線を向ける。熱に浮かされているように、トロンとした目で俺を見つめていた。ゾクリと、下半身に血液が集まってくるのがわかる。もう、限界だった。

美雪も同じ気持ちだったようで、「恭祐さん……」と甘えた声でねだってくる。

初めて抱いた頃はもっと恥じらいを見せていたが、回数をこなすたびに俺に甘えることを覚えてくれた。それが嬉しい。

本音を言えば、普段も俺に甘えてくれればいいのにとも思う。だが、こういう恋人として大事な時間に甘えてくれるようになっただけでも進歩だ。

美雪は、なんでも一人で抱え込もうとする。だからこそ、彼女の不安を少しずつでいいから俺に分けてほしい。その思いが、叶っているようで嬉しくなった。

彼女から一度離れ、脱ぎ捨てたジャケットの内ポケットに忍ばせておいた避妊具を取りだし装着させる。再び彼女の足を大きく広げ、そこに身体を滑り込ませた。

いい？　と目で合図を送ると、美雪ははにかんだ笑みを浮かべて頷く。だめだ、かわいい。

俺に安心しきった笑みを浮かべる彼女を見て、すでに我慢できずに透明の液を垂らしている自身がより硬くなった。

彼女の腰を持ち上げ、膝が胸につくほど押しつける。蜜《みつ》が垂れている膣口に自身をあてがうと、そこはヒクヒクと疼《うず》いていた。俺を誘うように甘い蜜《みつ》を垂らし、待ちきれないと言われている気になる。本当は早く入れたいが、焦らすたびに甘い吐息を零す美雪をもう少し見ていたいという意地が悪い考えが脳裏《のうり》を過《よぎ》った。膣口に何度か熱く昂ぶったモノを擦りつける。そのたびに、厭《いや》らしい蜜音がし、そして美雪の甘えた啼《な》き声が響く。

とりすました顔で何度か繰り返す俺を見て、彼女は泣きそうな顔をする。

「恭祐さん……」

「ん？　どうした、美雪」

「……」

「美雪？」

「……意地悪っ！」

こうして焦らし続ければ美雪が抗議してくるのは、わかっていた。

それも、こんなふうにかわいく詰《なじ》られることも予想して焦らしていたと言ったら……

さすがに、怒られてしまうだろうか。

そんなことを考えて小さく笑うと、彼女は切羽詰《せっぱつ》まった様子でお願いしてくる。

「もう……。我慢できないです。恭祐さんは、欲しくないんですか？」

「っ！」

まさか、こんなかわいらしい反撃を受けるとは思わなかった。

口ごもっていると、彼女は俺をより甘く刺激してくる。

「恭祐さんが、私をこんなふうにエッチにしたんですから。責任、取ってください」

ゾクゾクと背筋が痺《しび》れた。彼女の艶《つや》っぽい目が、なまめかしい。

もちろん、責任なんていくらでも取ってやる。取らなくてもいいと言われたとしても、無理矢理にでも取ろう。硬くなりすぎて、いつ破裂するかわからない雄茎を、彼女の望み通りにゆっくりと奥へと向かって入れ込んだ。

「ああっ……あぁぁ！」

待ちに待った刺激だったのだろう。彼女のナカが、キュンと収縮した。軽く達したのかもしれない。最奥に触れたくてググッと腰を押しつけると、彼女の身体が跳ね上がる。

ナカはとても温かくて、硬い屹立が蕩《とろ》けてしまいそうだ。気持ちがいい。

うわごとのように「気持ちいい……っ」と零すと、美雪は嬉しそうにはにかんだ。

「嬉しい……、私も気持ちいいです」

「っ」

「恭祐さん？」

彼女のナカにいる雄茎が、より膨張する。それを包み込んでいる彼女は、その異変に気がついたのだろう。驚いた顔をしている。そんな彼女に、俺は不敵にほほ笑んでみせた。

こんなふうにさせたのは、全部かわいすぎる彼女のせいだ。

先程、俺に対して『責任取ってください』と言っていたが、今は俺が言いたい。

「美雪、責任取ってくれるよな？」

「え、えっと？」

より硬さを増した熱塊を、彼女の最奥に押しつけた。

涙目になり快楽に溺れる様子を見て、彼女にしか見せない満面の笑みを向ける。

「俺を溺れさせたのは、君だ。恋を忘れた俺を覚醒させた責任、取ってもらうぞ」

一瞬呆気《あっけ》に取られていたが、俺と視線が絡み合うと綻《ほころ》ぶようにほほ笑みかけてきた。

「そんな責任なら、喜んで取りますよ」

「忘れないでくれよ、美雪」

「忘れませんよ！」

なぜか得意げに言う彼女がかわいかった。だが、余裕の笑みを浮かべていられたのも、ここまでだった。止めていた愛撫を、再開したからだ。

全部抜け出てしまいそうなほど腰を引き、そして一気に奥へと向かってねじ込む。何度も繰り返すが、段々とその速度を速めていく。激しく自身を擦りつけては、身体を押すようにして腰を沈める。熱く昂ぶる己を容赦なくねじ込むと、そのたびに美雪が嬌声《きょうせい》を上げげた。腰を彼女の身体に押しつけ、蜜芽も刺激する。すると、ギュッと絞り出されてしまうかと思うほどナカが収縮した。

「かわいいな、美雪は」

「え？」

目が眩《くら》むような快感を浴びせられたせいだろう。視点が定まらない様子で、美雪は夢うつつで返事をしてくる。そんな無防備な表情もいい。

腰を引き、限界まで抜く。そして、再び奥へと向かって腰を押しつける。

それと同時に親指で彼女の蜜芽に触れて、クリクリと刺激を与えた。

「あっ、だめ、同時に……、そんなぁ」

「気持ちよくないか？」

腰を押しつけてナカを刺激すると、美雪は何度も頷いた。

「きもち、いいいっ……」

腰を震わせて、甘美に叫ぶ彼女の腰のまろみを手で味わいながら覆い被さる。より深く抉るようにナカに入り込んだため、美雪の身体が小刻みに震えた。チュッと唇にキスを落とし、彼女の耳元で囁《ささや》く。

「もっと、気持ちよくなろうか」

「っ」

息を呑む音が聞こえた。それを合図に、より動きを速める。律動を繰り返し、彼女のナカを味わう。内部にすっぽり収まるように感じるのは、彼女の身体が俺を覚えてくれたからだろうか。熱く蕩《とろ》けてしまうのではないかと思えるほど、彼女の隘路は熱く甘やかだ。気を抜けば、一瞬にして持っていかれる。

だが、まずは美雪を気持ちよくしたい。俺から離れたいなどという思考が生まれないよう、身体を縛り付けてしまいたくなる。ほの昏《ぐら》い思いを抱きながらも、腰の動きを止めようとは思わなかった。

「はぅ……ぁ、あ……ああっ！」

「はぁ、美雪っ」

「や、あぁ……ぁ。あ、だめぇ」

「っ……はぁ……！」

快感がせり上がってくる。より強い快感を得ようと、ズブズブと粘膜を擦り上げる。高い悦楽を感じる中、美雪の声はより甲高くなった。

「だめ、だめっ……、きちゃぁ」

うわずった声で啼《な》く美雪に、「いいよ、達《い》け」と耳元で囁《ささや》くと、彼女の身体がフルリと揺れる。

そして、甘ったるい声で喘《あえ》いだ。

「あぁあ、やぁぁぁぁ――――！」

「っ……ぁ」

ギュッと雄茎を絞るように、隘路が狭まる。それと同時に、彼女の身体が硬直して震えた。

貫いたままの雄茎は、何度か身体を揺すりながら白濁した欲望を吐き出して達したのだった。


出会った頃より確実に伸びた彼女の艶《つや》やかな髪をいじりながら、細い肩を引き寄せる。

彼女と愛し合ったあとの、この時間が好きだ。疲れた身体をピッタリとくっつけて、お互いの体温を共有し合う。特別な時間を過ごしている。そんな気がして好きなのである。

そんな話を一回目に達したあと美雪に言ったら、「私もです」と頬をポッと桃色に染めて言っていた。もちろん、そんなかわいい彼女を再び組み敷いたのは言うまでもない。

すでに、三回は彼女を愛してしまった。

俺としては、ほどよい疲労感と満足感で悦に入っている。ただ、美雪は体力をほとんど奪われた様子で、クッタリと俺に身を任せている状況ではあるのだが。

微睡《まどろ》んでいる美雪は、俺が頭を撫でるたびに嬉しそうに目を細める。このまま頭を撫で続けていたら、あと数分で寝入ってしまいそうだ。裸のまま、くっついて眠ってしまうのもいい。明日の朝、二人でシャワーを浴びればいいだけのこと。このまま、眠りについてしまおうか。

そんなふうに思ったが、ふと美雪をホテルの一室に引き込んだ理由を思い出して、顔をしかめる。

俺からの激しい愛撫に疲れて微睡《まどろ》んでいる彼女は今、恐らく思考能力が低下しているだろう。

そんなときにだまし討ちのようなことをするのは気が引けるが、チャンスは逃《のが》さない主義だ。あとで、ああだこうだと彼女に抗議されることはわかっているが、それでも罠を仕掛けてしまいたい。

美雪の頬をゆっくりと撫でながら、俺は彼女にお願いをした。

「美雪、お願いがあるんだが」

「……なんですか？」

やはり相当眠いのだろう。返事にタイムラグがある。

かわいらしいその様子に目尻が下がりそうになるが、俺は気を引き締めて続けた。

「ＹＡＧＡＭＩセキュリティを辞めて、シャルールドリンクに来ないか？」

「……え？」

コテンと首を傾《かし》げる彼女の仕草にキュンとしてしまったが、すぐさま我に返って説得に入る。

「美雪に婚約者がいるとわかっていて、先程の男は美雪を口説こうとしてきた。そんな輩《やから》がいるような場所に、美雪をひとり置いておけない」

黙りこくる彼女に、俺はお願いし続ける。

「シャルールドリンクで、もう一度入社試験を受けてはくれないか？」

本当は、俺の権限でいくらでも美雪を雇い入れることはできるが、それは敢《あ》えてしない。

それを望んでいなかったからこそ、彼女は俺たちに隠れて就職活動をしてＹＡＧＡＭＩセキュリティに入社することを決めてしまったのだから。

ゴタゴタが落ち着いてから、美雪にはシャルールドリンクの秘書課に入ってもらう予定で動いてきたが、彼女はそれを良しとしなかったのだ。色々とシャルールドリンクに迷惑を掛けてしまったので入社はできない、それにコネ入社だと思われたくないという理由からだった。

彼女の気持ちもよくわかったし、なによりＹＡＧＡＭＩセキュリティの採用を自身の力で掴んできたのだ。それを蹴ってまで、シャルールドリンクに来てほしいとはさすがに無理強いはできなかった。

だからこそ、あのときは美雪のことを諦めた。

だが、こんな事態になっているとわかった以上、婚約者として他社で彼女を働かせたくはない。

俺の我儘《わがまま》だとわかっている。だが、俺がどうしてそんなことを言い出したのか、一度考えてほしい。そう彼女に言うと、顎《あご》に指を置いて何かを考え込んだあと、俺の目をジッと見つめてきた。

「……いずれ、シャルールドリンクに……恭祐さんの傍で働きたいという気持ちがないと言ったら嘘になります」

「美雪、それなら」

前のめりになる俺を見て、彼女は首をフルフルと横に振る。

「でも、今はそのときじゃないと思っています」

キッパリと言い切る彼女を見て、考えを動かすことは不可能なのだろうと気がつく。

フゥ、と息を吐いて肩を落とすと、美雪は「ごめんなさい」と謝ってきた。そんな彼女に、「いや」と首を横に振る。

元はと言えば、俺の嫉妬心からの発言だ。美雪には美雪の考えがある。それを押しつけるのは間違っているだろう。それを謝ると、彼女は真摯《しんし》な表情で口を開いた。

「私、恭祐さんのお嫁さんになりたいんです」

「それは、もちろん。プロポーズだってしているし、婚約をしているだろう？」

不思議がると、美雪は苦笑して頷く。

「はい、そうなんですけど……。今の私では、恭祐さんの支えになるどころか、足手まといになってしまうと思うんです」

「そんなこと！」

反論しようとした俺に、美雪はキッパリと言い切った。

「なってしまうんです。それぐらいは、私にだってわかっています。だから、今は自分に力をつけたいんです」

「美雪」

「矢上社長に言われたんです」

「敏也に？」

ここで、どうして彼の名前が出てきたのか。不可解に思って眉をひそめると、美雪は小さく笑う。

「ＹＡＧＡＭＩで、君の武器を作っていきなさいって」

「武器……？」

はい、とニッコリとほほ笑んだあと、美雪は真剣な面持ちになる。

「いずれ君は篁の家に入る。そのとき、君の周りは敵だらけかもしれないって」

敏也が言わんとしていることはわかるし、そんな懸念《けねん》を抱くのも仕方がないだろう。

篁のバックは、とてつもなくデカイ。あれこれと口出ししてくる輩《やから》はたくさんいる。それを守るのは、俺の仕事だと思っているのだが、彼女はそれを良しとしないようだ。

「矢上社長は言っていました。敵だらけになったときに困らないよう、篁の外で味方を作っておくべきだって。ＹＡＧＡＭＩで働いて味方を作り、自身を守る武器を作るべきだ。ひいては、恭祐さんを守る武器にもなるって」

確かに、篁家の息がかかっていないところとの縁が矢上家にはある。そのことを言っているのだろう。神妙な顔付きで耳を傾けていると、美雪は嬉しそうに目尻を下げた。

「男の友情って、素敵ですね」

「は……？」

「矢上社長が言っていました。恭祐さんには、返しきれないほどの恩があるって。だから、篁家の嫁になる私をバックアップしてあげるよって」

「……」

「結婚できたのは、全部恭祐さんのおかげだって。恭祐さんが大事にしている私のことも大事にしたいからっておっしゃっていました」

俺が矢上との仲を取り持ったことを言っているのだろう。アイツがそう言っているのなら、本気で美雪を育ててあげるつもりだ。

先程はさんざん俺を煽って遊んでいた男だが、なんとなく嬉しくもあり、こそばゆくも感じる。

「そう言っていただいて嬉しかったです。それと同時に、矢上社長のご厚意に甘えさせてもらおうと思ったんです」

「美雪？」

美雪はシーツをたぐり寄せて身体を隠したあと、起き上がって正座をした。

そして、俺を真摯《しんし》な目で見つめてくる。

「私、恭祐さんを助ける武器を持ちたいんです。だから、もう少し矢上社長のところで頑張らせてください」

そう言って頭を下げてくる。そんな彼女に、これ以上無理強いはできない。それに――

俺も身体を起こし、彼女の頭を引き寄せて抱きしめた。

「そこまで言われたら、いいよって言うしかないだろう」

「恭祐さん」

「ありがとう、美雪。君がそんなふうに思ってくれていて嬉しい」

「ごめんなさい、せっかく誘ってくださっているのに……」

俺からだけでなく、高村や矢上などからも再三シャルールドリンクに来いと言われているはずだ。

だからこそ、申し訳なく思っているのだろう。

首を横に振ったあと、俺は彼女をゆっくりとベッドに横たえる。

「恭祐さん？」

どうして押し倒されたのか、理解できない様子の美雪を見下ろす。

「美雪が社会人として力をつけたら、俺を手助けしてくれるなんて嬉しい。君と一緒に働くのが楽しみだ。でも――」

「え？」

彼女の唇にキスを落とす。

ゆっくりと離れると、美雪は目をまん丸にして驚いていた。急な展開に戸惑っているのだろう。

そんな彼女を見て、俺は不敵に口角を上げる。

「そんなにかわいいことを言われて、俺が我慢できると思うか？」

「え？　え？」

戸惑う美雪を組み敷き、彼女の首元にキツく吸いついた。そこには、俺の所有印がくっきりとついている。それを見て満足したあと、流し目で彼女を見た。

「君は俺の婚約者だってことを、視覚的にも皆に知らせるべきだ。だから――もっと愛し合おうか」

彼女が何かを言う前に、かわいらしく俺を誘惑してくる唇に齧《かぶ》りついた。

〜大人のための恋愛小説レーベル〜

エタニティブックス ETERNITY

エタニティブックス・赤

どこまで逃げても捕まえる。

策士な彼は こじらせ若女将に執愛中

橘《たちばな》柚《ゆず》葉《は》

装丁イラスト／園見亜季

潰れかけた実家の旅館で、若女将になる覚悟を決めた沙耶《さや》。そのため海外に転職予定の恋人・直《すなお》に別れを告げるも、彼は納得せず、再会を約束して旅立っていく。彼との連絡を絶った沙耶は、旅館再建に奔走する日々を送っていたのだけれど……ある日、銀行の融資担当者から、融資の代わりに結婚を迫られた！　やむを得ず条件を呑んだ直後、沙耶の前に再び直が現れて!?

※エタニティブックスは大人の女性のための恋愛小説レーベルです。ロゴマークの色で性描写の有無を判断することができます（赤・一定以上の性描写あり、ロゼ・性描写あり、白・性描写なし）。

詳しくは公式サイトにてご確認ください。
https://eternity.alphapolis.co.jp/

携帯サイトはこちらから！

この作品に対する皆様のご意見・ご感想をお待ちしております。

おハガキ・お手紙は以下の宛先にお送りください。

【宛先】

〒150-6008 東京都渋谷区恵比寿4-20-3 恵比寿ｶﾞｰﾃﾞﾝﾌﾟﾚｲｽﾀﾜｰ 8F
（株）アルファポリス　書籍感想係

メールフォームでのご意見・ご感想は右のＱＲコードから、
あるいは以下のワードで検索をかけてください。

アルファポリス　書籍の感想　検索

ご感想はこちらから

囚《とら》われの君《きみ》を愛《あい》し抜《ぬ》くから

橘柚葉（たちばなゆずは）

2021年 9月 25日初版発行

編集－本丸菜々
編集長－倉持真理
発行者－梶本雄介
発行所－株式会社アルファポリス
〒150-6008 東京都渋谷区恵比寿4-20-3 恵比寿ｶﾞｰﾃﾞﾝﾌﾟﾚｲｽﾀﾜｰ8F
TEL 03-6277-1601（営業） 03-6277-1602（編集）
URL https://www.alphapolis.co.jp/
発売元－株式会社星雲社（共同出版社・流通責任出版社）
〒112-0005 東京都文京区水道1-3-30
TEL 03-3868-3275
装丁イラスト－カトーナオ
装丁デザイン－AFTERGLOW
（レーベルフォーマットデザイン—ansyyqdesign）
印刷－株式会社暁印刷

価格はカバーに表示されてあります。

落丁乱丁の場合はアルファポリスまでご連絡ください。

送料は小社負担でお取り替えします。


ISBN978-4-434-29383-2 C0093